Christine Erdiç

Endstation Anatolien

© 2018 Christine Erdiç
Alle Rechte vorbehalten!
Kein Teil dieses Werkes darf ohne schriftliche
Genehmigung in
irgendeiner Form reproduziert
oder vervielfältigt werden.

Satz und Illustrationen: ©Christine Erdiç
Covergestaltung: Christine Erdiç
Homepage der Autorin: www.christineerdic.jimdo.com

Herstellung und Verlag:
BoD – Books on Demand, Norderstedt.

ISBN: 9783752897111

Endstation Anatolien

Nur wer die Vergangenheit akzeptiert und keine Angst vor
der Zukunft hat, kann die Gegenwart genießen!

Vorwort

Draußen zieht eine frühlingshafte Landschaft an mir vorüber. Hügelig ist das Land, ja, teilweise sogar bergig. Wälder und grüne Täler wechseln einander ab, dazwischen ziehen sich kleine Dörfer idyllisch die Hänge hinauf. Ich sitze im Bus nach Ankara, der Hauptstadt in der Steppe. Nachdenklich schaue ich zum Fenster hinaus. Wie oft habe ich diese Strecke von 585 Kilometern inzwischen wohl schon zurückgelegt? Entspannt lehne ich mich in den bequemen Sitz. Diese Überlandbusse bieten jeglichen Komfort von Internetanschluss bis Minifernseher. Natürlich ist die Reise mit dem Auto noch viel schöner. Dann hält man, wo es einem gefällt, und das ist in unserem Fall immer das Afium Outlet bei Afyon. Dort ist ein wunderschönes Einkaufszentrum entstanden - in Form eines Dorfes mit gediegenen kleinen Häusern, in denen sich Geschäfte, die allesamt erkundet werden wollen, sowie verschiedene Restaurants mit allerlei Spezialitäten befinden. Afyon ist die Grenzstadt zwischen dem ägäischen Gebiet oder auch (laut Atlas!) Westanatolien und der mittelanatolischen Hochebene. In dieser Gegend wird übrigens der berühmte Afyon-Marmor abgebaut. Hier machen Reisende aus vielen Gebieten der Türkei halt. Kunterbunt ist dementsprechend auch das Bild der sich ansammelnden Menschen. Neben mit Shorts und Tops bekleideten Frauen aus dem Westen oder Süden der Türkei, sieht man auch ländlich gekleidete mit Kopftüchern, religiöse mit Mänteln und sogenannten Turbanen oder - seltener – komplett schwarz verhüllte Gestalten. Niemand scheint sich jedoch an dem anderen zu stören, einträchtig sitzen manche Vertreter dieser doch so unterschiedlichen Gruppen sogar nebeneinander am gleichen Tisch, in ein Gespräch vertieft. Oftmals ist das Afium allerdings bereits unser zweiter Halt auf der Strecke, da mein Mann in Uşak gerne die berühmte *Tarhana-Suppe* schlürft, zu der er *Ayran* trinkt - ein traditionelles türkisches Joghurtgetränk, das in Tonbechern serviert wird. Auf diese Weise kommen wir mit dem Auto natürlich immer viel später in Ankara an als der Bus, der nur eine halbstündige Essenspause an einer festgelegten Raststätte einlegt.

Ankara kommt mir nach dem quirligen, orientalisch anmutenden und leichtlebigen Izmir, der griechisch geprägten „Perle der Ägäis", fast europäisch vor mit seinen geraden Straßenzügen, den vielen Einkaufszentren und den gigantischen Hochhäusern am Stadtrand.

Unsere älteste Tochter Güldi wohnt und arbeitet in Ankara, nachdem sie sieben Jahre dort studiert hat. Heute ist sie glücklich verheiratet, und wir haben einen wunderbaren Schwiegersohn mit einer sehr herzlichen Familie hinzugewonnen. Micki, die Jüngere, hat auch in Ankara studiert. Gemeinsam bewohnten die Schwestern dort eine geräumige Mietwohnung. Doch nun durchstreift sie Europa. Das müssen meine Erbanlagen sein! Auch mich trieb es schon immer in ferne Länder. Meine Mutter sah mich in meiner Jugend so manches Mal kopfschüttelnd an: „Ich weiß gar nicht, von wem du diesen Wandertrieb geerbt hast. So etwas gab es in unserer Familie bisher nicht!" Dazu muss ich allerdings sagen, dass ich die aus Berlin stammende Verwandtschaft meines Vaters nie kennenlernen konnte, sie waren alle bereits vor meiner Geburt verstorben oder verschollen. Mein Opa hieß Ludwig und hatte kohlrabenschwarzes Haar und dunkle Augen. Das ist auch schon so ziemlich alles, was ich über ihn weiß. Tatsache ist, dass es mich schon immer in den Süden gezogen hat. Mein Traum zu Teenagerzeiten war ein Leben in Portugal, nachdem ich zuletzt drei Monate dort verbracht hatte. Doch es sollte alles anders kommen …

Wie alles begann

Meinen Mann lernte ich nicht, wie zu jenen Zeiten wohl e-
her üblich, in Deutschland kennen, sondern in einem Türkeiur-
laub. Die Türkei der frühen 80er war alles andere als ein typisches Reiseziel für Europäer, doch ich hatte eine Einladung von
einem Brieffreund, der mich über eine befreundete, ehemals in
Deutschland ansässige „Gastarbeiterfamilie" zwecks Austausch
in Englisch kontaktiert hatte. Nach langem Zaudern – die Mili-
tärregierung machte keine guten Schlagzeilen im Ausland – und
einem Kopftuch im Gepäck, schließlich reiste ich in ein musli-
misches Land, machte ich mich auf den Weg in ein neues unbekanntes Abenteuer. Der nette Mitarbeiter im türkischen Reise-
büro hatte mir ein recht preisgünstiges Ticket für einen sogenannten „Gastarbeiter-Charterflug" ausgestellt. Damals konnte
man sich im Flieger der Türkisch Airlines seinen Sitzplatz direkt
nach Einstieg noch frei aussuchen, und zu essen gab es ein
schmackhaftes halbes Hähnchen.

In der Türkei angekommen musste ich mich zunächst an den
Anblick der unzähligen bewaffneten Soldaten gewöhnen, die
das Stadtbild prägten. So etwas kannte ich von Deutschland
oder meinen bisher bereisten Ländern nicht. Dennoch schien
niemand sie weiter zu beachten. Die Izmiraner liebten es auch
damals schon, ihre Zeit im Sommer möglichst draußen zu verbringen und bevölkerten Plätze, Straßen und Teegärten. Die
Schulferien hatten gerade begonnen, das Leben pulsierte. Mein
Kopftuch kam übrigens bis heute nicht zum Einsatz. Während
der nun insgesamt fast 20 Jahre meines Türkeiaufenthalts wurde ich nur ein einziges Mal gefragt, ob ich zum Islam übergetre-
ten sei – und das von einer türkischen Gastarbeiterin aus
Deutschland, während eines Fluges in meine alte Heimat.

Hier in Izmir lernte ich meinen Mann kennen, der gerade seinen Militärdienst beendet hatte und mir braungebrannt auf dem Balkon meiner Gastfamilie in einem hellblauen Hemd gegenüber saß. Er brachte mir Tavla – Backgammon bei. Die Unterhaltung in Englisch war recht stockend, trotzdem hatten wir viel Spaß. Nur sein Vater beherrschte die fremde Sprache etwas besser, da er mit seiner Familie 6 Monate in Washington D.C. als Berufsoffizier der türkischen Armee stationiert war. Der älteste Sohn, der später von Micki und mir den Spitznamen Hugo (nach der bekannten Koboldfigur) bekam, war während des Amerikaaufenthalts gerade mal 4 oder 5, seine Schwester zwei Jahre älter und der Jüngste noch nicht einmal geboren.

So lernte ich zwangsweise, aber nicht ohne Vergnügen, innerhalb weniger Tage ein Türkisch, das alles andere als perfekt aber dennoch verständlich war. Komische Verwechslungen wie: „Da sitzt eine Kuh auf meinem Arm" lösten allgemeine Heiterkeitsanfälle aus. Statt des türkischen Wortes „sinek – Fliege" hatte ich „inek – Kuh" gesagt. Ich erschuf auch eine Plastiksuppe statt des Plastikbeutels, denn „çorba" ist nur allzu leicht mit „torba" zu verwechseln.

Neue Sprachen zu erlernen fiel mir dennoch leicht und machte mir viel Freude - eine Gabe, die ich beiden Töchtern glücklicherweise vererbt habe. Nach drei Monaten Aufenthalt in Portugal konnte ich damals immerhin schon einfache Telefongespräche auf Portugiesisch führen. Bei unseren Interrailfahrten durch Westeuropa wurde ich zudem gerne von meinen Freundinnen vorgeschickt, um auf Französisch zu verhandeln. Doch wenn man eine Sprache nicht benutzt, dann schläft sie irgendwann ein - so ging es mir zumindest. Ich war nie der Typ, der stundenlang Vokabeln paukt – ich lerne lieber auf praktische Art und Weise für den täglichen Bedarf. Immerhin erwachten meine schlummernden Portugiesisch-Kenntnisse bei einem Campingurlaub an der Algarve mit Mann und Kindern nach über zehn Jahren zumindest teilweise wieder. Das eröffnete uns den Weg zu den Herzen unserer einheimischen Campingnachbarn Manuel und Celia – doch das ist wieder eine ganz andere Geschichte.

In der Westtürkei verbrachte ich nun den Rest meines Urlaubs mit Hugo und seinen beiden Geschwistern – wir picknickten im Wald, machten Ausflüge in die Ferienorte Kuşadası und Çeşme, badeten im Meer, sonnten uns an den damals noch fast menschenleeren Stränden und besuchten sogar ein Freilichtkino. Der Zauber des Orients hatte mich vollkommen ergriffen. Vor allem der Basar „Kemeraltı" ist noch immer ein Erlebnis für mich. Was dort alles, teilweise von schreienden Händlern, feilgeboten wird! Doch es geht keinesfalls chaotisch, sondern vielmehr recht geordnet zu. Hier gibt es ganze Straßenzüge, die nur Goldschmuck anbieten, dort Kinderbekleidung, woanders Schuhgeschäfte, weiter hinten Läden, die mit Stoffen oder Hausrat handeln und so fort. An jeder Ecke werden Döner, mit gegrillter Wurst und Tomaten belegte Brote und frisch gepresste Säfte angeboten.Angefüllt mit verschiedensten Eindrücken und Erinnerungsfotos trat ich schließlich mit einem lachenden und einem weinenden Auge meinen Rückflug an. Eine Verbindung mit Hugo war zunächst nur noch per Brief oder telefonisch möglich. Erst als er für ein Jahr in die Schweiz, wo ein Cousin von ihm wohnte, auf eine Sprachschule ging, um Deutsch zu lernen, wurde ein Besuch bei mir in Deutschland möglich.

Das war dann auch der Zeitpunkt, an dem wir uns entschieden zusammenzubleiben, sprich zu heiraten. Meine Eltern, die gerade im Urlaub waren, wurden nach ihrer Rückkehr vor vollendete Tatsachen gestellt. Sie fielen aus allen Wolken. Meine Mutter sagte fassungslos: „Damit, dass du mal einen Portugiesen anschleppst, haben wir ja gerechnet! Aber einen Türken?!"

Damals hatten wir ja noch nicht die leiseste Ahnung, was alles auf uns zukommen sollte!

Heirat mit Hindernissen

Hugos Schweizer Visum lief ab, er hatte ein Jahr Sprachschule in Zürich hinter sich und sollte schon bald wieder in die Türkei zurückkehren. Von dort aus würde es nicht mehr so einfach für ihn sein, eine Einreisegenehmigung nach Deutschland zu bekommen. Ich musste belegen, dass ich über ein festes Einkommen und genügend Wohnraum verfügte sowie eine notariell beglaubigte Einladung an Hugo schicken, die er dann beim Deutschen Konsulat in Izmir einreichen würde. Das dauerte natürlich alles seine Zeit – die Beamtenmühle mahlt langsam und keinesfalls immer sicher. Im Winter 1985/86 bekam mein „Türke" dann tatsächlich ein Touristenvisum für 3 Monate ausgestellt und durfte in die damalige BRD einreisen.

Wir machten uns, ohne viel Zeit zu verlieren, zum Standesamt auf und erfuhren dort, welche Unterlagen aus der Türkei angefordert werden mussten. Unter anderem ein Nachweis, dass mein Freund noch ledig war. Wertvolle Zeit verstrich, da damals alles nur per Post lief. Als wir endlich alle angeforderten Papiere zusammenhatten, schaute uns die Beamtin nachdenklich an und sagte: „Aber das ist ja ein Touristenvisum! Damit können Sie ja gar kein Aufgebot für die Trauung beantragen! Sie brauchen erstmal eine Aufenthaltserlaubnis vom Ordnungsamt." Wir waren natürlich sehr erfreut, dass sie uns das nach all den Wochen auch schon mitteilte.

Also auf zur Ausländerbehörde! Nicht noch mehr Zeit verlieren! Dort sah sich der Beamte alle Papiere ganz genau durch und meinte dann belehrend: „Tut mir leid, aber Sie brauchen erst eine Heiratsurkunde vom Standesamt, damit wir Ihnen eine Aufenthaltserlaubnis ausstellen können."

Es war bereits Februar zu dem Zeitpunkt, und uns blieben nur noch wenige Wochen bis das Touristenvisum ablief. Ich hatte den Plan durchschaut. Man schickte uns einfach hin und her, bis es zu spät war. Frustriert suchten wir abermals das Standesamt auf. Endlich sagte uns die Mitarbeiterin: „Wissen Sie was!? Hier ist das ja sowieso ganz unmöglich! Heiraten Sie doch einfach in der Türkei, dann kann Ihr Ehegatte vier Monate nach der Trauung problemlos hierher nachziehen."

Danke schön, liebe Frau! Aber warum haben Sie uns das nicht eher gesagt? Dann wäre uns so manch Ärger und Rennerei erspart geblieben!

Hugo kontaktierte seine Familie in Izmir, und ich musste sehen, dass ich kurzfristig Urlaub bekam. Nachdem auch diese Hürde genommen war, fuhren wir mitten im Winter 2350 Kilometer mit dem Bus über das ehemalige Jugoslawien und Bulgarien in die Türkei. Das war die billigste Art zu reisen.

Der Balkan zeigte ein frostiges und trostloses Gesicht um diese Jahreszeit, die Busreise war anstrengend und alles andere als komfortabel. In Bulgarien mussten wir alle ohne unser Gepäck den Bus verlassen und uns zur Passkontrolle in eine lange Warteschlange einreihen, während zwei Beamte den Bus inspizierten. Als wir endlich abgefertigt waren und es weitergehen sollte, hielt in der letzten Sitzreihe ein Tourist anklagend seine Gitarre hoch – alle Saiten waren durchtrennt oder zerrissen. Froh, das damals noch kommunistische Bulgarien hinter uns gelassen zu haben, passierten wir schließlich aufatmend die türkische Grenze.

Und dann Istanbul! Eine Stadt, in der das bunte Leben nur so tobte. Gierig saugte ich die Farben und das Treiben der pulsierenden Metropole auf. Dies war Orient pur! Hugo hatte hier Journalistik und Kommunikationswissenschaften studiert – so war das alles für ihn nicht neu. Mir gefiel es, vor allem auch das wesentlich mildere Klima. In Istanbul zeigten die Bäume bereits ein erstes zartes Grün, während sie auf dem Balkan noch kahle Skelette waren.

Etwas essen in einem der urigen kleinen Restaurants - und weiter mit einem anderen Bus – nach Izmir - mit einer Fähre über den Bosporus! Wir verließen Europa! Dies war bereits Asien. Istanbul ist die einzige Stadt der Welt, die auf zwei Kontinenten liegt. Im Bus wurde großzügig Kölnisch Wasser verteilt – ein Bursche lief von Zeit zu Zeit mit einer Flasche durch den Bus, und die Reisenden streckten begierig ihre Hände aus. Der Geruch, der andere erfrischte, wurde mir bald beinahe unerträglich – noch heute lehne ich es dankend ab, wenn es mir in den Häusern nach der Begrüßung angeboten wird. Doch auch dieser Brauch hat inzwischen viel an Bedeutung verloren.

In Izmir liefen die Menschen schon in dünnen Sommerjacken durch die Straßen und Hugos Mutter stand in einem kurzärmeligen Kleid auf dem Balkon. In jenem Jahr wartete hier der März mit besonders lauen Temperaturen auf. Nach weiteren acht Stunden Fahrt war ich todmüde aber glücklich in der Stadt der Palmen, Pinien und Mandarinenbäume angekommen.

Es erwies sich tatsächlich als wesentlich einfacher, in der Türkei ein Aufgebot zu bestellen. Nachdem wir die mitgebrachten Papiere vorgelegt hatten, bekamen wir bereits innerhalb einer Woche den Termin zur Trauung. Auf Wunsch kam die Beamtin sogar ins Haus, da ich nicht zweimal in Weiß über die Straße gehen wollte. Ich hatte mein Hochzeitskleid bereits ausgesucht und beschlossen, es anzuziehen, da ich nicht wusste, ob ich im Hochsommer schon wieder Urlaub bekommen würde. Die große Hochzeitsfeier sollte nämlich am 14. Juli stattfinden, da meine Eltern zu diesem Zeitpunkt in einem Hotel in Ayvalık – also nur wenige Autostunden von Izmir entfernt - ihren Sommerurlaub gebucht hatten.

Die Trauung erfolgte nur im kleinen Kreis mit engster Familie meines Mannes und Freunden. Danach erhielten wir ein dunkelrotes Heft, das Familienbuch in türkischer, französischer und arabischer Sprache, überreicht. Ich wurde gefragt, ob ich die türkische Staatsangehörigkeit annehmen möchte, musste aber leider ablehnen, da der deutsche Staat das nicht zulässt. Das heißt im Klartext, mir wäre meine deutsche Staatsangehörigkeit sofort entzogen worden, wenn ich die türkische angenommen hätte - die Freundin einer Bekannten hat das am eigenen Leib erlebt. Dass es auch Ausnahmen gibt, erfuhr ich erst Jahre später.

Dann die Hochzeitsreise! Mit einem klapperigen Linienbus ging es über abenteuerliche Küstenstraßen in die Südtürkei. Bodrum: Atemberaubend lag es vor uns mit seiner im Wasser gelegenen Burg und den charakteristischen weiß getünchten Häusern. Wir fanden eines, in dem Zimmer an Feriengäste vermietet wurden. Stube, Küche und Bad nutzten wir gemeinsam mit unseren Wirten. Das nette Ehepaar hatte eine musikbegeisterte Tochter im Teenageralter und einen riesigen Garten mit Obstbäumen, Olivenbäumen und – Hühnern! In der Türkei werden diese gern und überall gehalten. Auch in unserer jetzigen Siedlung gehören sie quasi zum Stadtbild dazu. Da das Wetter in Bodrum schon sommerlich warm war, nahmen wir das leckere Frühstück stets auf der großen Dachterrasse mit überwältigendem Blick über die Stadt ein. Unser Mahl bestand aus von den Wirten selbst gewonnenem Honig, Butter, kleinen aber sehr schmackhaften Eiern der hauseigenen Hühner und auf besondere Art eingelegten ungesalzenen Oliven - die einzigen, die ich je essen mochte. Mittags fuhren wir zum Meer, jedoch badeten wir dort nur ein einziges Mal, denn das Wasser war wirklich eisig. Wir blieben trotzdem mehrere Tage und verabschiedeten uns mit dem Versprechen, irgendwann wiederzukommen.
Unser zweites Ziel war Fethiye, eine kleine Pension direkt am *Ölü Deniz - Totes Meer*. Das Meer war wirklich tot, zumin-

dest was die Badegäste anbelangte – wir waren nämlich die einzigen an dem langen Sandstrand. Ende März hatte die einheimische Tourismussaison hier noch nicht begonnen. Dafür beäugten uns wilde Ziegen recht skeptisch. Begleitet von unserem Gelächter jagte eine von ihnen Hugo den ganzen Hang hinunter. Die Bettwäsche im Zimmer war ungemütlich klamm, was auf eine hohe Luftfeuchtigkeit schließen ließ. Wir blieben dann auch nur eine Nacht und fuhren mit dem Bus weiter nach Side. Damals war Side noch ein einfacher kleiner Ort, fern des ausländischen Tourismus. Dementsprechend war auch das Zimmer der Pension am Meer – einfach und kahl. Die gemütliche Behaglichkeit, die wir in Bodrum empfanden, wollte sich nicht einstellen. Dafür brannte schon frühmorgens die Sonne auf unseren Balkon, sodass man eigentlich keine Pfanne für die Spiegeleier gebraucht hätte. Und mittags konnte man nicht mehr barfuß über den Sand laufen. Ein ganz anderes Klima! Ich als Sonnenanbeterin war in meinem Element. Eine Steintreppe führte hinunter zu einem menschenleeren Strand. Das Meer war wild und fiel plötzlich steil ab. Als wir unserer Wirtin abends erzählten, wo wir gebadet hatten, erfuhren wir, dass dort schon Haie gesichtet wurden und wir lieber zum Strand auf der anderen Seite der Stadt gehen sollten. Am nächsten Morgen erwartete uns dort ein wunderbar goldfarbener, feiner Sandstrand, der uns an den von Çeşme erinnerte. Das Meer war unbeschreiblich warm und flach abfallend. Wir hatten leider nur noch wenig Zeit, denn ich musste bald nach Deutschland zurückfliegen, um dort meine Arbeit wieder anzutreten. Außerdem wollte ich versuchen, nochmals zwei Wochen Urlaub für den Juli herauszuschlagen, denn dann sollte ja die große Hochzeitsfeier stattfinden.

Türkisches Hochzeitsfest

Es war der 14. Juli, und das Thermometer kletterte über die 40 Grad-Grenze. Heute Abend sollte die Hochzeitsfeier stattfinden, und ich hatte nicht die leiseste Ahnung, was da auf mich zukam. Im Fernsehen hatte ich mal einen Film über eine türkische Hochzeit auf dem Land gesehen, die drei Tage dauerte und bei der ein Lamm geschlachtet und über einer offenen Feuerstelle gegrillt wurde. Das ganze Dorf nahm an den Festlichkeiten teil, und die Braut wurde auf einem Pferd zum Festplatz geführt. Natürlich war mir klar, dass es hier in der Stadt so nicht ablaufen würde. Ich hatte problemlos Urlaub bekommen, und meine Eltern hatten wir bereits aus Ayvalık abgeholt. Gegen Mittag trudelten die ersten Verwandten meiner Schwiegermutter aus dem bei Bursa gelegenen Mudanya ein. Es ging jetzt alles ein wenig hektisch zu, da ich gleich einen Termin beim Frisör hatte, der mich herausputzen sollte. Die Prozedur dauerte geraume Zeit, und als ich mit dem sogenannten Brautkopf in das Auto stieg, musste ich sehr aufpassen, dass ich mit aufgetürmtem Haar und Kopfschmuck nirgendwo gegen stieß. In der Wohnung meiner Schwiegereltern erwarteten mich schon die Cousinen meines Mannes, die unbedingt das Schminken übernehmen wollten. Als ich danach in den Spiegel schaute, war ich ein wenig überrascht, wie eine neue Frisur und etwas künstliche Farbe im Gesicht einen Menschen so verändern können, dass er sich selbst ganz fremd vorkommt. In das steife Brautkleid musste ich vorsichtig hineinsteigen. Es bestand aus Synthetik und jeder Menge kunstvoller Spitze. Hugo trug einen cremefarbenen Anzug, der ihm hervorragend zu seinem schwarzen Haar stand, sowie eine Fliege im gleichen Ton. Ich hatte ihn dazu überredet, da ich keinen Bock auf das obligatorische Schwarz hatte.

Zufrieden stellte ich fest, dass er blendend aussah. Zu meiner Verwunderung gab es erst noch etwas zu essen, bevor wir in die Autos stiegen. Unseren dunkelblauen Brautwagen zierte ein weißes Blumengesteck auf der Kühlerhaube – glücklicherweise hatte man die damals übliche Plastikpuppe weggelassen, die Kindersegen symbolisieren sollte. Unsere beiden Töchter bekamen wir später trotzdem!

Im Militärcasino der Innerstadt war ein riesiger Saal für die Feierlichkeiten gemietet worden. Hugo und ich wurden jedoch zunächst in das kleine Brautzimmer geführt, während unsere Eltern an der Tür zum Saal zu beiden Seiten Spalier standen, um ankommende Gäste zu begrüßen. Um 19 Uhr sollte die Feier beginnen – üblicherweise startet eine Hochzeit mit der Zeremonie der Trauung, was bei uns aber nun ja leider nicht mehr möglich war. Im Zimmer wurden wir interviewt, und alles wurde auf einer Filmkassette festgehalten. Später würde man sie in einen Videorecorder legen und ansehen können. Endlich war es so weit: Schulter an Schulter betraten wir den mit Blumenkränzen geschmückten Festsaal. Lauter Applaus ertönte. Fassungslos starrte ich in die mir fast ausnahmslos unbekannten Gesichter von gut 400 Gästen, die sich dort versammelt hatten. Wir wurden an einem langen Tisch am Kopfende platziert, von beiden Seiten flankiert von unseren nächsten Familienangehörigen. Ich kam mir wie auf einem Präsentierteller vor. „Was jetzt?", fragte ich meinen Mann leise, doch meine Worte gingen in der Musik des plötzlich einsetzenden Orchesters unter. No Mercy! Wir mussten auf die Tanzfläche. Ein langsamer englischer Song - auch das noch! Ich war ohnehin nicht sehr musikalisch, konnte mich jedoch leidlich zu Diskomusik bewegen. Insgeheim hatte ich auf Halay gehofft, eine Art Sirtaki, einfach Folklore, die Stimmung machte. Es folgte eine Ansage, Klatschen, das nächste Lied – diesmal schon ein klein wenig schneller. Ich atmete auf, als ich sah, wie sich die Tanzfläche langsam mit Gästen füllte. Eine gute Gelegenheit, zu verschwinden und sich unauffällig zum Tisch durchzumogeln. „Lass uns verduften", signalisierte ich dem aufatmenden Hugo. Die Musik war laut, türkische und englische Lieder lösten einander ab. Wieder eine Ansage! Eine Bauchtänzerin erschien und wand sich zu orientalischen Rhythmen. Endlich! Entspannt lehnte ich mich zurück und genoss das Programm. Stürmischer Applaus! Männer und Frauen betraten nacheinander die Tanzfläche und steckten der Tänzerin Geldscheine in das Mieder. Mit Hüftschwung verließ diese daraufhin den Saal, um Platz für eine riesige Torte zu machen, die jetzt von mehreren Männern hereingeschoben wurde. Unsere Hochzeitstorte! Wir wurden aufgefordert, nach vorne zu kommen und die Torte symbolisch anzuschneiden. Danach bekamen wir Gabeln und einen Teller mit dem ersten Tortenstück gereicht und fütterten einander unter neuem aufbrausenden Applaus. Wir durften uns setzen. Zur Torte gab es für jeden eine kleine Flasche Cola. So viel Süßes! Mir wurde unerträglich heiß in meinem Kleid. Interessiert beobachtete ich, wie mehrere Männer verstohlen ihre Taschentücher herausholten, um sich die Schweißperlen von der Stirn zu wischen. Wer einen Anzug trug, musste jetzt Höllenqualen erleiden – diejenigen in Hemden und Jeans waren besser dran, ebenso wie die meist nur leichtbekleideten Frauen. Zu jenen Zeiten gab es im Casino keine Klimaanlagen, und es waren inziwischen gefühlte 50 Grad. Die Gartenanlage wurde unglücklicherweise gerade renoviert, erfuhr ich später – sonst hätte die Feier dort stattgefunden.

Eine Sängerin kam, und ich beugte mich gespannt vor. Dabei stieß ich mein noch halbvolles Glas Cola um. Das Getränk bildete eine niedliche Pfütze auf dem weißen Tischtuch, und ein hektisches Wischen begann. Das war mir nun wirklich peinlich! Die Sängerin verschwand gut gepolstert mit Geldscheinen. Die Tanzmusik begann erneut. Eine füllige und stark geschminkte

Frau, die sich als Hugos Cousine entpuppte, kam an unseren Tisch und forderte uns mit schriller Stimme auf, aufzustehen und zu tanzen. Wir wollten aber nicht! Mir war inzwischen übel. Die Stauhitze unter dem luftundurchlässigen Kleid, die verbrauchte Luft, die Torte! Schimpfend zockelte die Cousine schließlich ab und tanzte selber. Wieder wurden wir nach vorne gerufen. Ein Teil der Gäste erhob sich und befestigte nacheinander mit Hilfe von Sicherheitsnadeln Goldstücke und Geld an unserer Kleidung. Auch Ohrringe und Armreifen wurden mir angesteckt bzw. übergestreift. Dazu wurde jedes Mal namentlich über Mikrofon gesagt, wer was überreichte, was ich sehr indiskret fand. Aufatmend nahmen wir wieder Platz, nachdem das überstanden war. Noch einmal trat eine Bauchtänzerin in Aktion, diesmal eine andere – nicht ganz so gut wie die erste, fanden wir im Nachhinein. Noch ein paar Lieder wurden gespielt – schon kamen einige Gäste an unseren Tisch, um zu gratulieren und sich zu verabschieden. Nach knapp vier Stunden war alles vorbei, und der Saal leerte sich bis auf die Verwandten, die trotz reservierter Hotelzimmer darauf bestanden hatten, bei meinen Schwiegereltern zu übernachten.

Endlich zu Hause angekommen, stürmte ich als erste ins Bad und befreite meinen revoltierenden Magen vom Tortenstück. Danach ging es mir schon wesentlich besser. Verstohlen warf ich einen Blick in den Salon, wo die anhänglichen Verwandten mangels Schlafgelegenheiten mit leichten Decken und Kissen auf den Teppichen nächtigten.

Am nächsten Tag setzten wir zuerst meine Eltern in Ayvalık ab und fuhren dann direkt zum Camping nach Datça bei Marmaris. Ich war zuvor schon einmal in Marmaris gewesen und begeistert von den wunderschönen Pinienwäldern, die stellenweise bis an das grünschillernde Meer hinunterreichten. Ich hatte mein kleines Zweimannzelt dabei, das ich auch schon bei Interrailfahrten in Frankreich und Portugal benutzt hatte. So traten wir unsere zweite, etwas unkonventionelle Hochzeitsreise an und verbrachten eine sehr schöne und erholsame Zeit zu zweit. Es war alles in allem ein gutes Timing, denn diesmal konnten wir gemeinsam nach Deutschland reisen. Die lange Warterei hatte ein Ende!

Die Türkei ist ein südliches Land …

1987 erblickte unsere Tochter Güldi das Licht der Welt in Hannover. Es wäre fast danebengegangen, denn sowohl Frauenärztin als auch Krankenhaus übersahen meine Schwangerschaftsvergiftung. Das Baby war bereits zehn Tage über die Zeit, dennoch hätte man mich nach drei Tagen Krankenhausaufenthalt am nächsten Morgen entlassen, wenn – ja wenn nicht mein Blutdruck auf 210 hochgeschnellt wäre. Hals über Kopf wurde ein Kaiserschnitt gemacht, der uns beiden das Leben rettete. Eine meiner Bettnachbarinnen hatte weniger Glück: Ihr Mädchen überlebte den ebenfalls verspäteten Eingriff nicht und verstarb wenige Tage darauf im Kinderkrankenhaus, in dem auch meine Kleine nach der Geburt lag.

Ein Jahr später wagten wir den Absprung. Wir zogen in die Türkei - nach Izmir, wo auch die Familie meines Mannes wohnte. Damals war ich eher für Marmaris oder Antalya gewesen, gab mich aber letztendlich geschlagen. Unsere Eigentumswohnung sollte angeblich im August fertig sein. Sie war es nicht! Also zogen wir in die alte Behausung meiner Schwiegereltern, die zu der Zeit ebenfalls in eine neue Wohnung umzogen. Damals galt: eine eigene Wohnung oder ein Haus musste mit allen Mitteln möglich gemacht werden, denn es gab hierzulande eine etwa hundertprozentige Inflationsrate, und die Mieten in einem halbwegs guten Viertel waren schier unerschwinglich mit einem normalen Verdienst.

Mein Mann fand rasch Arbeit bei einer internationalen Transportfirma. Kontakte halfen - zudem wurde jemand gebraucht, der über gute Deutschkenntnisse verfügte. Zu damaligen Zeiten hatten wir kein eigenes Auto, konnten jedoch das von Schwiegervater zeitweise benutzen, sowie später nach Firmenwechsel seltener auch den Wagen vom Chef meines Mannes. Zu

Weiterbildungszwecken musste Hugo oft über das Wochenende mit dem Bus nach Istanbul fahren, ich blieb mit unserer Tochter und gemischten Gefühlen zurück: Damals waren Busfahrten nicht ganz ungefährlich, inzwischen sind die Überlandstraßen besser ausgebaut. Das bedeutet auch weniger Busunglücke.

Als ich die Türkei zum ersten Mal besuchte, war es Sommer, und die Temperaturen kletterten leicht schon mal über die 40-Grad-Grenze. Mir war das recht, denn ich war und bin eine Sonnenanbeterin und durchaus tropentauglich, wie ein Aufenthalt an der kenianischen Küste in den 80ern mir bestätigte.

Der Winter kam früh in jenem Jahr. Anfang Oktober - meine Eltern hatten uns besucht und waren gerade wieder fort – entdeckte ich eines Morgens doch tatsächlich eine mit Eis überzogene Pfütze, als ich mich auf dem Weg zum Zahnarzt in die Uniklinik befand.

Nur wer schon einmal einen Winter in Izmir verbracht hat, kennt die eisigen Balkan-Winde, die manchmal über die ungeschützte, nach Nordwesten hin offene Bucht fegen. Nun hatten wir wohl Zentralheizung in der Wohnung, aber leider bezahlten viele Mieter oder Eigentümer die Umlagen nicht, und so blieb die Heizung eben aus. Natürlich wurde es schnell unbehaglich kalt in den Räumen, denn damals waren die türkischen Häuser nicht isoliert. Man hatte gebaut, als ob es ewig Sommer bleiben würde.

Güldi war ein quirliges und widerstandsfähiges Kind und blieb vielleicht dadurch verschont, doch ich bekam eine fürchterliche Magen- und Darmgrippe, begleitet von heftigem Schüttelfrost. Wenn das Wetter so eisig ist, geht garantiert ein Virus um, und mein Körper war ohnehin unterkühlt. Schon zu meiner Kindheit war der Winter meine kritische Zeit.

Normalerweise folgen auf drei oder vier kalte, trockene Tage ein bis zwei regenreiche und milde Wochen in Izmir. Nicht so in jenem Jahr. Es blieb eisig bis weit in den März hinein. Die

Grippe war besiegt, doch das Unbehagen blieb - bis wir in unsere inzwischen fertiggestellte, eigene Wohnung wechselten.

Hier wurde nicht mit Öl sondern mit günstiger Kohle geheizt – das bedeutete, dass unten im Keller vom *kapıcı* - Hausmeister ein großer Ofen mit Kohle gespeist wurde, der das Wasser für die Heizkörper des ganzen Hauses erhitzte. Jetzt musste ich mich nicht mehr über Kälte beklagen. Im Gegenteil: Da auch gezahlt werden musste, wenn man die Heizung in der Wohnung ausdrehte - es gab keine Zähler für die Wohnungen und keine Thermostate - tat das natürlich niemand. Es wurde von November bis Ende März geheizt und basta! Großes Gelächter gab es jedes Mal, wenn einem von uns zu heiß wurde und er mitten im Winter plötzlich im Unterhemd dasaß. Vor allem Schwiegermutter litt sehr unter der Hitze bei uns.

Wir wohnten im dritten Stock und hatten einen Fahrstuhl, der auf jeder Etage eine lustige Melodie spielte. Direkte Nachbarn auf unserer Etage gab es nicht, denn jede Wohnung ging über das ganze Stockwerk.

Bei jedem Windzug klapperten unsere Außen-Jalousien, die Schienen waren einfach ohne Gummidichtung montiert worden. Bei der näheren Untersuchung stellte ich frustriert fest, dass die Kästen oben auch nicht richtig geschlossen waren. Doch das waren kleinere Probleme, die sich beheben ließen. Weniger schön war, dass die Wohnung kaum Sonne bekam. Der Nordbalkon vor der riesigen Stube – hier Salon genannt - lag stets im Schatten. Im Osten, Süden und Westen verhinderten andere Häuser erfolgreich das Eindringen jeglicher Sonnenstrahlen, was dazu führte, dass ich die Nachmittage fast immer mit Güldi im nahegelegenen Park verbrachte - sehr zu ihrem Vergnügen, denn sie liebte den Spielplatz dort. Ich hatte Gelegenheit, mich auf einer Bank mit anderen Müttern auszutauschen, und meine Tochter war gegen 18 Uhr eine der letzten, die noch immer begeistert die Rutsche hinunterdüsten. Doch dann wurde es höchste Zeit, das Abendessen zu bereiten, bevor Hugo nach Hause kam.

Gegessen wurde in der winzigen Küche, in die der Tisch gerade mal so hinein passte. Das Mahl hatte ich zuvor auf dem Herd, der an eine Propangasflasche angeschlossen war, zubereitet. Damals gab es keine anderen Möglichkeiten. Da ich von Deutschland Erdgas gewohnt war, war das eine ganz neue Situation für mich, die mich manchmal schon vor Probleme stellte. Erstes Alarmzeichen war ein plötzlich auftretender strenger Gasgeruch. Jetzt sollte man den Herd besser ausstellen und *Aygaz* oder *Ipragaz* anrufen. Ich dachte mir beim ersten Mal noch nichts dabei, bis ich merkte, dass das Essen nicht mehr kochte, weil die Flamme ausgegangen war. Also rasch dieTelefonnummer raussuchen und anrufen! Der *Aygaz*-Mann kam überraschend schnell – ich lauerte schon auf die Melodie des Fahrstuhls und riss erwartungsvoll die Wohnungstür auf. Der Gas-Onkel tauschte die alte Gasflasche gegen eine neue. Der Gasgeruch in der Küche war inzwischen überwältigend, aber wider Erwarten stand das Essen pünktlich auf dem Tisch, und ich konnte meine hungrige Familie abfüttern. Wie gut, dass es zu jenen Zeiten auch hier schon Telefone gab!

Man musste auch auf Stromausfälle gefasst sein. Das bedeutete nicht nur keinen Strom in der Wohnung, sondern auch keinen Fahrstuhl. Eines Tages war es wieder mal so weit! Die Kleine war schon gestiefelt und gespornt und freute sich auf den Spielplatz. Nun kann ja ein ganz Schlauer empfehlen: Na und, benutz doch die Treppe! Ist doch nur der dritte Stock! Leicht gesagt, denn das Haus hatte keine Treppenfenster, dafür aber eine recht steile Marmortreppe, die jetzt völlig im Dunkeln lag, da ja auch das Flurlicht nicht brannte. Hinzu kam das Problem mit dem Transport der Kinderkarre, für die unten im Hausflur absolut kein Platz war. Also musste sie täglich nach unten und wieder hoch befördert werden, natürlich alles mit dem Fahrstuhl. Der Ausflug in den Park fiel diesmal aus - zum Glück war es kein Arzttermin oder etwas wirklich Wichtiges. Und vor allem waren wir noch nicht eingestiegen und saßen im Fahrstuhl fest. Wer weiß, wie lange der Stromausfall diesmal dauerte. Solche Ausfälle konnten zu jeder Tages- und Nachtzeit auftreten. Meistens waren sie nur kurz. Den Rekord schlug viele Jahre später Ankara, als Güldi einmal 2 Tage lang keinen Strom hatte.

Kerzen wurden in der Türkei nicht etwa wie in Deutschland für romantische Stunden oder ein gemütliches Kaffeetrinken eingesetzt – sie dienten ganz einfach als Lichtquelle bei Stromausfall. So ist es noch heute des Türken größte Freude, beim Empfang von Besuch möglichst imposante Kristallleuchter in hellem Licht erstrahlen zu lassen. Noch dazu haben viele Gastgeber die ganze Zeit dabei den Fernseher laufen. Man hat ja schließlich Strom! Trotzdem scheint das die stets lebhaften Gespräche keinesfalls zu beeinflussen, was mich noch immer ein wenig irritiert.

Auch das Wasser konnte plötzlich abgestellt sein, meist waren marode Leitungen daran schuld. So standen im Bad jeder Familie damals mit Wasser gefüllte Eimer und Schüsseln für den Notfall bereit. Wurde die Wassersperre vorher bekannt gegeben, ließ man einfach die Badewanne voll Wasser laufen.

Übrigens hat die Türkei sieben Klimazonen – sie ist fast so etwas wie ein kleiner Kontinent. Während es an der Schwarzmeerküste feucht und gemäßigt ist, dafür an der Südküste im Sommer heiß und im Winter mild, verzeichnet man in Ost- und Mittelanatolien sehr kalte, lange Winter mit viel Schnee und Eis – in Kars bis zu minus 30 Grad - und kühle Sommer.

Badevergnügen und andere Sommerfreuden

Während der zwei Jahre unseres Türkeiaufenthaltes kamen meine Eltern jeden Sommer für gut drei Wochen zu Besuch. Pünktlich zu Güldis Geburtstag am 1. September trudelten sie ein, und wir holten sie mit Schwiegervaters Auto vom Flughafen ab. Im September gab es eine große Auswahl an Obst auf dem Markt, und es war nicht mehr so heiß wie im Hochsommer. Ein hiesiges Sprichwort sagt: Die erste Hälfte des August ist Sommer, die zweite Winter. Tatsächlich begann es Mitte August bereits abzukühlen. Doch auch im September konnte das Thermometer durchaus noch über 30 Grad klettern. Im Sommer versucht daher jeder, der die Möglichkeit hat, ans Meer oder aufs Land zu entfliehen, um der Hitze der Stadt zu entkommen. Die dreimonatigen Sommerferien begünstigen das, und oftmals verbringen weibliche Izmiraner, Istanbuler und auch Frauen aus Ankara diese Zeit mit ihren Kindern im *yazlık* – Sommerhaus, das meist an der Ägäisküste oder der südlichen Mittelmeerküste liegt. Die Ehemänner aus Izmir pendeln dann zwischen Arbeitsplatz und Ferienhaus hin und her. Meist bilden sie Fahrgemeinschaften zu diesem Zweck oder besuchen ihre Familien nur am Wochenende. Mein Schwiegervater besaß ein altes Dorfhaus in der Nähe von Çeşme. Einige seiner Verwandten wohnen noch in diesem Dorf, in dem auch er geboren wurde.

Wir fuhren auch mit meinen Eltern dort hin. Der Chef meines Mannes stellte uns sein Auto für diese Zeit gerne zur Verfügung. Morgens nach dem gemütlichen Frühstück brachen wir mit Güldi, meinen Eltern, Schwiegermutter, Schwager und Schwägerin meist so gegen 11 Uhr zum Ilıca-Strand auf, der damals noch fast menschenleer war. Mein Schwiegervater kam nie mit, er pflanzte lieber Auberginen, Paprika, Bohnen und Tomaten in dem riesigen Garten an und kümmerte sich liebevoll darum. Oft saßen wir abends auf dem Hof und pulten frisch geerntete *bakla* - dicke Bohnen aus.

Wir hatten immer jede Menge Futter im Gepäck, wenn wir ans Meer fuhren: Würstchen, *dolma* - gefüllte Paprika, gekochte Eier und Ost. Mit einem kleinen Grill bereiteten wir in einer mitgebrachten Pfanne Bratkartoffeln zu. Das bleiben unvergessliche Zeiten, denn heute ist so etwas bei den leider oft überfüllten Stränden undenkbar. Ja, auch die Türken haben die Badefreuden inzwischen entdeckt! Güldi hatte Sandspielzeug dabei und hielt ihr Mittagsschläfchen stets unter einem Sonnenschirm am feinen weißsandigen Strand. Hier machte sie ihre ersten Schritte und plantschte vergnügt im flachen Thermalwasser. In Ilca sprudeln heiße Quellen direkt aus dem Meeresboden und speisen inzwischen auch das Wasser einiger Hotels. Da meist ein recht frischer Wind von Norden in die Bucht bläst, unterschätzt man nur zu gerne die Kraft der Sonne und holt sich innerhalb kurzer Zeit einen schmerzhaften Sonnenbrand. Oftmals sehen wir Touristen, deren Körperfarbe sich dem Rot der türkischen Flagge langsam annähert.

Die Fahrt zum Dorf zurück dauerte nur etwa zehn Minuten, dennoch war es um 16 Uhr höchste Zeit aufzubrechen. Bis wir alle der Reihe nach geduscht hatten war es Abend. Das Duschwasser wurde von einem mit Holz beheiztem Ofen im Badezimmer erhitzt. Es gab extra einen Schuppen, in dem für diesen Zweck haufenweise trockenes Holz lagerte. Zuerst duschte Schwiegermutter, da sie für das Kochen des Abendessens zuständig war. Es gab stets verschiedene Gerichte zur Auswahl: eines in Olivenöl zubereitet, eines mit Fleisch, Reis oder Nudeln und dazu Salat. Oft wurden auch auf dem von meinem Mann gebauten Barbecue-Grill draußen unter den Weinreben Fleisch oder *köfte* - kleine Frikadellen gegrillt. Nicht selten saßen wir in dicke Jacken oder Decken gehüllt am Tisch, denn das Dorf ist mit seinem frischen Waldklima wesentlich kälter als die Stadt.

Meine Eltern hielten sich deshalb als Mitteleuropäer sehr gerne hier auf. Einziges Handicap war das Stehklo, dessen Abwasser direkt in eine Kalkgrube unter dem Grundstück geleitet wurde. Später überredeten wir Schwiegervater, doch endlich eine Sitztoilette einzubauen. Das Dorf hatte schon seit geraumer Zeit Wasser- und Stromanschluss, so ging leider niemand mehr hinauf zu den alten ungesicherten Brunnen, die der Dorfbevölkerung einst köstliches Wasser spendeten.

Ein besonderes Vergnügen waren Ausflüge in den Wald – hier aber längst nicht so üblich wie in Deutschland. An vielen Stellen ist es sogar verboten, den Pinienwald zu betreten, und wegen erhöhter Brandgefahr darf man dort keinesfalls grillen. Es gibt jedoch extra Picknickplätze mit Holztischen und Bänken und Grillrestaurants sowie gesicherte Anlagen, zu denen man eigenes Fleisch mitbringt und grillt.

Wir gingen mit unserem Picknickkorb lieber an eine Stelle, von der aus wir einen Panoramablick über die Dörfer hatten. Ein anderes Mal bauten wir uns in den Zweigen einer alten Pinie eine Schaukel. Heute führt dort die Autobahn Izmir - Çeşme entlang und schneidet unser Dorf vom Wald ab. Ein weiteres kleines Paradies wurde Opfer der neuen Zeit. Doch der Wert der Grundstücke und Häuser stieg durch den Bau der Autobahn beträchtlich. So konnte Schwiegervater sein Anwesen Jahre später gut verkaufen und damit eine Wohnung in Çeşme anzahlen. Die Käufer des alten Dorfhauses, ein jüdisches Ehepaar, sollen inzwischen ein richtiges Schmuckstück daraus gemacht haben.

Alltag

Ein ganz normaler Tagesablauf sah für uns folgendermaßen aus: Mein Mann verließ gegen 8 Uhr morgens das Haus, um gegen 9 Uhr seine Arbeit in der Stadt anzutreten. Güldi und ich frühstückten erst später ganz in Ruhe. Dann wurde in der Wohnung erledigt, was getan werden musste. Meine Kleine war mit Feuereifer dabei. Sie wollte unbedingt helfen, fuhrwerkte mit dem Staubtuch herum, hängte am Wäschetag Puppenkleidung und Socken auf ihrer eigenen kleinen Leine auf, die wir ihr auf dem Balkon gezogen hatten, kehrte das, was ich zusammengefegt hatte, auf dem Kehrblech zusammen oder ordnete die Schuhe auf dem Flur. Schuhe spielten damals in ihrem Leben eine wichtige Rolle. Sie ging nicht gern zu Bett, und wenn sie endlich lag forderte sie energisch: „Nuckel!" und sah uns vorwurfsvoll mit ihren großen grünen Augen an. Nun wurde emsig gesucht. Oftmals waren auch Schwager oder Schwägerin abends bei uns zu Besuch, und jeder beteiligte sich an der Suche. Wo mochte das Ding nur hineingerutscht sein?! Er fand sich weder in der Spielkiste noch unter dem Kinderbett. Es verging viel Zeit, bis wir ihn endlich fanden: Der kleine Schelm hatte ihn in einem Schuh versteckt. Fortan mussten wir nun fast jeden Abend - sehr zur Freude meiner Tochter - herausfinden, in welchem Schuh er sich wohl diesmal befand. Derweil saß sie vergnügt glucksend im Bett und beobachtete uns ganz genau.

Meist kam Gerdi, eine holländische Freundin, schon morgens vorbei, wenn wir noch am Frühstückstisch saßen. Sie drehte gerne in der Früh ihre Runden, da dann ihre drei Mädel in der Schule waren und sie zudem sehr unter der Tageshitze litt. Natürlich bekam sie eine Tasse Filterkaffee kredenzt. Hier tranken die Leute damals fast den ganzen Tag schwarzen Tee aus winzigen Gläsern – doch ich brauchte einfach meinen Kaffee.

Die Kaffeemaschine hatte ich aus Deutschland mitgebracht, ebenso wie einen Vorrat an Kaffee und Filtertüten.

Güldi konnte sich wunderbar alleine beschäftigen, spielte und sprach mit ihren Puppen oder sah sich Bilderbücher an. Vorlesen und Fotoalben betrachten waren gemeinsame Vergnügen.

Einkaufen war ein besonderes Abenteuer. In der damaligen Türkei gab es keine Supermärkte, sondern nur winzige Geschäfte, einen staatlichen Konsum, der *Tansaş* hieß, einen Militärladen im Zentrum, den ich mangels Militärausweises aber nicht betreten durfte, und den Wochenmarkt. Wir suchten mühsam in den verschiedenen Läden zusammen, was wir zum täglichen Leben benötigten. Dazu gehörten leider im ersten Jahr auch Windeln. Mit Schrecken sah ich, dass ein einzelnes Exemplar umgerechnet etwa zwei Mark, also einen Euro kostete. Bei einem Verdienst von im Januar noch 375 Mark, im Dezember aber nur noch etwa 180 konnten wir uns das nicht leisten! Es gab alternativ Einlagen, die an Damenbinden erinnerten, und dünne dreieckige Gummifolien, die man an allen Enden miteinander verknotete. Trockenheit war so natürlich keinesfalls immer gewährleistet. Wer auch das nicht finanzieren konnte, stieg - wie auch ich zeitweise - auf aus alten Unterhemden selbstgeschneiderte Windeln um, denn Luren oder Stoffwindeln gab es hier wohl nicht.

Ein weiteres Problem stellte Güldis Nahrung dar. Sie aß natürlich inzwischen schon alles, aber besonders gerne zwischendurch auch mal einen Teller Haferflocken. Also machte ich mich auf die Suche, konnte aber nirgends welche finden. Die Verkäufer schüttelten allesamt ratlos den Kopf. So etwas kannten sie nicht! Nun suchte auch mein Mann eifrig mit und bekam schließlich eine Adresse genannt. Hoffnungsvoll machten wir uns auf den Weg ins alte Viertel und standen dann vor einer Handlung für Pferdefutter, die auch Hafer führte. Resigniert gaben wir auf. Bald zählten geriebener Apfel mit zerbröseltem Butterkeks in Milch sowie *muhallebi* - eine Speise aus in Mich gekochtem Reismehl und *sütlaç* - Milchreis zu Güldis absoluten Lieblingsspeisen. Frische Milch wurde uns jeden Morgen vom Händler in zwei Glasflaschen vor die Tür gestellt. Mittags gab es aufgewärmte Reste des Essens vom Vorabend, und danach ging es in den Park, bis es gegen 18 Uhr Zeit wurde, das Abendessen zu bereiten. Auch hier musste ich Abstriche machen, da es einfach vieles nicht gab. Fleisch war teuer, und so aßen wir immer öfter aus Gemüse zubereitete Gerichte sowie die unvermeidlichen Nudeln. Reis und Linsen mussten sorgfältig von Hand verlesen werden, denn es befanden sich oft kleine Steinchen dazwischen, mit denen man sich durchaus schon mal eine Plombe ausbeißen konnte. Ich lernte türkisch kochen, und es schmeckte – bis auf den saisonbedingten Kohl im Winter, der mir schnell zum Halse heraushing. Speiseeis gab es nur im Hochsommer, meine Eltern hatten im September bereits das Nachsehen – dafür aber viele frische Früchte auf dem Markt, allerdings ebenso wie das Gemüse, an die Saison gebunden. Ich improvisierte und experimentierte bald mit Leidenschaft.

Eines Tages hatte Beate, eine deutsche Freundin, die ganz in der Nähe wohnte, eine zündende Idee: Wir könnten ja mal gemeinsam unsere Kinder im nahegelegenen Universitätsgelände spazieren fahren. Dort gäbe es viele Bäume, Blumenbeete, Bänke und sichere Wege. Ich stimmte zu, und schon am nächsten Tag machten wir uns auf. Ihre Tochter Ayşe war wenige Monate jünger als Güldi und saß ebenfalls in einer Karre. Zunächst einmal standen wir jedoch vor einer viel befahrenen Hauptverkehrsstraße, die es zu überqueren galt. In den kleineren Gassen fuhren die Autofahrer langsamer, da die meisten Fußgänger diese ebenfalls benutzten. Die Bürgersteige waren schlichtweg zu eng oder zu hoch, endeten plötzlich, hatten keine Auffahrten für Kinderwagen oder Rollstühle (einmal sah ich einen Mann mit motorisiertem Rollstuhl die Hauptstraße entlangdüsen) oder es standen Bäume und Laternenpfähle mitten auf dem Gehweg, sodass man mit einem Kinderwagen oder einer Karre ohnehin nicht vorbeikam. Auf der Hauptstraße, die den Nachbarort Manisa mit Izmir verband, rasten die Autos geradezu. Ampeln waren Mangelware in der damaligen Türkei, das Fahrverhalten ein rücksichtsloses. So konnte es geschehen, dass der Fahrer laut hupend plötzlich extra noch Gas gab, während man bereits die Straße zur Hälfte überquert hatte. Dadurch ließ sich immer schwer einschätzen, wie viel Zeit einem noch blieb. Wir rannten also, aufmerksam nach rechts und links schauend, zur anderen Seite hinüber und schoben dabei die Karren mit unseren vor Vergnügen laut krähenden Kindern vor uns her. Hinter uns zischten die Autos nur so vorbei. Es wurde ein sehr schöner Nachmittag mit Picknick in den Grünanlagen – dennoch war es mir einfach zu gefährlich, das nochmals zu wiederholen. Der nahegelegene Park mit Spielplatz waren Güldi und mir Freizeitvergnügen genug.

Eines Tages erhielten wir eine Einladung: Gerdis Zwillinge hatten Geburtstag! Wir besorgten Geschenke und verpackten sie hübsch in buntes Papier. Unser Weg führte uns abermals durch den Park, wir hatten genug Zeit für diesen Abstecher, da wir viel zu früh dran waren. Von einem Baum klatschte mir plötzlich etwas auf den Kopf – um einiges erleichtert flog die schuldige Taube davon. Im Laufschritt ging es nun zurück nach Hause, denn so konnte ich unmöglich bei Gerdi auftauchen. Haare waschen war angesagt! Natürlich kamen wir nun zu spät und vergaßen beinahe noch die Geschenke, doch das tat der guten Laune keinen Abbruch.

Güldi erhielt ihre Kontrolluntersuchungen und Impfungen in der Uniklinik und entwickelte sich zu einem kerngesunden und lebhaften Kind. Sie stieg sprachlich auf Türkisch um, verstand wohl Deutsch, weigerte sich aber, es zu sprechen. Sagte ich etwas in meiner Sprache, sah sie mich mit einem seltsamen Ausdruck in den Augen an, als wollte sie mir sagen: „Keiner hier spricht so! Warum tust du es dann?" Die Tage zogen dahin. Zu Weihnachten besorgten wir uns eine kleine Pinie, schmückten sie und legten Geschenke darunter. Damals gab es noch nicht den Silvesterbaum - Boom wie heute, wo man überall in den riesigen geschmückten Einkaufszentren künstliche oder echte Tannenbäume im Topf sowie Kugeln, Lichterketten und andere schöne oder auch kitschige Dinge kaufen kann.

Im Sommer ging es immer mal für einige Tage auf das Dorf, halt so wie mein Mann sich freimachen konnte. Mein Schwager hatte mehr Zeit, er studierte noch, und meine Schwägerin nahm Stickereien und Näharbeiten in Auftrag. Sie ging dafür wenige Stunden die Woche zur Handelsschule und arbeitete dann von zu Hause aus. Das Dorfhaus bot uns allen genug Platz und die Möglichkeit, unseren Badeort schnell zu erreichen. Von unserer Wohnung in Izmir waren es immerhin fast 90 km bis nach Çeşme. Der Dorfurlaub war gleichzeitig eine Abkühlung für meine Schwiegermutter, die keine Hitze vertrug. Die Türrahmen des Dorfhauses waren extrem niedrig, und einmal, als ich über eine hohe Schwelle sprang, schlug ich mir den Kopf an und stürzte zu Boden. Mein Ellenbogen schwoll in kürzester Zeit auf die Größe eines Hühnereis an. Es tat unglaublich weh, zaghaft erkundigte ich mich nach einem Arzt im Dorf. Schwiegermutter schüttelte den Kopf und legte mir stattdessen einen Verband an, in dem sich ein Gemisch aus weichgekautem Brot und Olivenöl befand. Am nächsten Morgen waren zu meiner Überraschung Schwellung und Schmerzen verschwunden – ich konnte wieder schwimmen gehen! Wie gut doch diese alten Hausmittel manchmal wirken!

Einmal kamen wir auf die glorreiche Idee, im Winter auf das Dorf zu fahren. Wir fuhren zu fünft los: Schwager, Schwägerin, Hugo, Güldi und ich. Am Abend grillten wir drinnen im behaglichen kleinen Kaminzimmer auf Gabeln gespießte *sucuk* – türkische Wurst über dem offenen Feuer. Lachend, erzählend und singend verbrachten wir hier Stunden. Nachts wurde es in den in der ersten Etage gelegenen Wohn- und Schlafräumen trotz loderndem Kamin und bullerndem Ofen bitterkalt. Der Wind fegte erbarmungslos durch die Ritzen der Bodendielen, die wir mit allem, was wir fanden, zustopften. An Schlaf war nicht mehr zu denken, und so brachen wir das Experiment „Dorfleben im Winter" vorzeitig ab.

Eines Abends schrillte das Telefon. Die aufgeregte Stimme meiner Schwägerin klang an mein Ohr: „Habt ihr vorhin die Nachrichten gesehen? Die Preise für Mehl und Zucker steigen auf das Doppelte! Komm morgen früh um zehn Uhr zum *Tansaş*, wir treffen uns dort, solange noch was herausgegeben wird!" Wenn die Preise dermaßen ansteigen sollten, würden die Geschäfte ihre Vorräte zurückhalten, um später damit einen wesentlich höheren Verkaufspreis zu erzielen. Am nächsten Morgen standen wir dann gemeinsam in einer Warteschlange vor dem *Tansaş*. Das Ganze erinnerte mich ein wenig an Filme über die Nachkriegszeiten, nur dass wir hier keine Essensmarken benötigten. Wir kauften Mehl und Zucker en gros und waren für die nächsten Monate gut damit versorgt.

Rückkehr nach Deutschland

Mein deutscher Reisepass war inzwischen fast abgelaufen, und ich entschloss mich, in Deutschland einen neuen zu beantragen. Kurzfristig flog ich mit meiner Tochter nach Hannover. Meine Eltern hatten eine große Feier zu ihrer Silberhochzeit geplant, so schlug ich gleich zwei Fliegen mit einer Klappe, wie ich erfreut feststellte.

„In spätestens drei Wochen sind wir zurück!", tröstete ich meinen Mann. Damals wurden jedoch gerade EU-Pässe eingeführt, und ich hatte die lange Wartezeit nicht bedacht. So wurden aus geplanten drei Wochen fast drei Monate Deutschlandaufenthalt. Nachdem wir endlich zurückfliegen konnten, warf sich meine Tochter in der Wartehalle des Flughafens von Izmir schluchzend in Hugos ausgebreitete Arme. Sie hatte wohl befürchtet, ihren Vater nie wieder zu sehen, obwohl sie sich in Deutschland nichts anmerken ließ. Was hatte ich dem Kind nur angetan?! Mein Mann wartete schon lange ungeduldig auf unsere Rückkehr und glaubte mir wohl auch nicht so recht, dass ich x-mal erfolglos mit dem Ordnungsamt telefoniert hatte, um die vermaledeite Passangelegenheit zu beschleunigen.

Ausschlaggebend für unsere Entscheidung war die dreistellige Inflationsrate, die ein normales Leben kaum noch ermöglichte – im Januar reichte das Geld gerade so aus, im November war es bereits nur noch die Hälfte wert – und hinzu kam das nicht eingehaltene Versprechen von Hugos Chef, dass wir endlich einen eigenen Firmenwagen zur Verfügung gestellt bekommen sollten.

„Wir gehen zurück nach Deutschland", sagte mein Mann genervt. Ich stimmte halbherzig zu - vielleicht war es ja wirklich das Beste in dieser Situation. Im September kamen meine Eltern zu Besuch, und wir teilten ihnen unseren Entschluss mit.

Sie waren sofort Feuer und Flamme, vor allem weil ihr geliebtes Enkelkind nun ganz in ihrer Nähe aufwachsen würde. „Das ist die richtige Entscheidung", sagte mein Vater. „Wenn ihr clever seid!", setzte meine Mutter nach.

Also flog ich Ende des Monats mit meinen Eltern und Güldi nach Deutschland, Hugo sollte nachkommen, sobald er die Wohnung geräumt und vermietet hatte. Es fand sich bald eine Bekannte seiner Familie mit ihrem Sohn, der in Izmir studieren wollte. Sie bekamen die Wohnung zu einer sehr günstigen Miete, und wir behielten dafür den Salon als Lagerplatz für unsere Möbel und Kisten ein. Den ersten Ärger gab es auf dem Arbeitsamt in Deutschland. Ich hatte zuvor stets brav in die Kasse einbezahlt, wie jeder arbeitende Bürger. Nun erfuhr ich, dass mein Recht auf Arbeitslosengeld nach zwei Jahren Aufenthalt im Ausland verfallen war. Keiner von uns war demnach versichert. Zudem hatte sich ein zweites Kind angekündigt.

„In Deutschland gibt es jetzt nach der Wiedervereinigung jede Menge Arbeit, da findest du sofort etwas", hatte mein Vater Hugo gegenüber geprahlt. Das stimmte auch, nach kurzer Zeit trat mein Mann seine Tätigkeit bei einem bekannten deutschen Elektrokonzern an. Aber eines hatte mein Vater vergessen zu sagen: Wohnungen waren Mangelware! Wir wohnten jetzt in der Dreizimmerwohnung zusammengepfercht mit meinen Eltern – eine Situation, die bei uns allen gleichermaßen Stress verursachte. Unsere dreijährige Tochter, die es von der Türkei her gewohnt war, vieles schon selbst zu entscheiden und zu Bett zu gehen, wenn sie müde wurde, musste sich jetzt plötzlich strengen deutschen Regeln fügen. Türkisch sprechen wurde uns ganz und gar verboten. Ich war mit unserem zweiten Kind inzwischen hochschwanger und suchte verzweifelt nach einer Wohnung. Mühsam quälte ich mich die Treppen hoch ins vierte oder fünfte Stockwerk. Kaum hatte ich eine Wohnung so gut wie sicher, stolperte man über meinen Nachnamen. „Mein

Mann ist Türke", erklärte ich bereitwillig. Daraufhin war die Wohnung plötzlich weg. „Oh, es tut mir sehr leid, meine Frau hat die Wohnung bereits vermietet, ich wusste es nicht!" Solche Ausreden kamen natürlich erst später per Anruf. Eine Schwangere und dazu noch ein türkischer Ehemann, das war wohl zu viel des Guten! Doch sie waren zu feige, mir das ins Gesicht zu sagen. Nachdem auch das Wohnungsamt auf unseren dringlichen Antrag hin nichts unternahm - damals waren die dort hauptsächlich mit Aussiedlern aus der ehemaligen Sowjetunion beschäftigt – unterschrieben meine Eltern einen Mietvertrag für eine andere Wohnung, und wir sollten die alte übernehmen. Genau da meldete sich das Wohnungsamt mit der Nachricht, sie hätten ein Haus in einer Neubausiedlung in einem Außenbezirk für uns. Wir besichtigten die Baustelle und waren sofort begeistert. Ein kleines Reihenhaus mit eigenem Garten! Ideal für die Kinder! In der Nähe gab es sogar eine Zugverbindung in die Stadt. Wir unterzeichneten.

Der Umzugstermin meiner Eltern rückte näher – doch unser Reihenhaus wurde nicht zum vereinbarten Termin fertig. Was nun? Eine schlimme und beengende Situation, wir bewohnten jetzt zu viert mein ehemaliges Kinderzimmer, denn Micki war inzwischen geboren. Hier in der Wohnung konnten wir nicht bleiben, sie war bereits wieder vermietet, denn wir hatten ja abgesagt. Was jetzt? Ende des Monats würden wir auf der Straße stehen! Mein Mann sprach mit seinem Vorgesetzten, mit dem er sich mehr als nur gut verstand: „Ich mache meine Arbeit hier wirklich gerne, aber wir müssen zurück in die Türkei!" Der Chef fiel aus allen Wolken, und Hugo erklärte ihm die Situation. Kurzerhand sagte dieser uns Wohnraum auf einem Dorf zu, wo er selbst ein Haus besaß, dessen untere Etage ein Cousin von ihm bewohnte. Wir sollten vorübergehend die leerstehenden Zimmer im oberen Stockwerk beziehen: Schlafzimmer und Stube - Küche und Bad aber gemeinsam mit dem Cousin benutzen. Nur

Umlagen müssten wir mit tragen, keine Miete zahlen. Das war eine große Chance, auch wenn mein Mann nun mit Bus, Zug und Straßenbahn zur Arbeit musste und jeden Morgen um 5 Uhr in der Früh das Haus verließ. Auch zum Kinderarzt musste ich weit fahren - mit Micki im Kinderwagen und Güldi an der Hand die gleiche Prozedur. Ein Tragetuch kam nach dem erneuten Kaiserschnitt für mich nicht infrage. Aber wir genossen den riesigen Garten und verstanden uns super mit unserem netten Mitbewohner, der immer gut gelaunt und zu Scherzen aufgelegt war.

Nach einem halben Jahr war unser Haus am Stadtrand von Hannover dann endlich bezugsfertig. Unsere Nachbarn waren fast allesamt Aussiedler oder Türken, dazu eine Deutsche, die mit einem Inder verheiratet war. Die *teyze* – Tante nebenan war hocherfreut, dass ich Türkisch konnte, denn sie sprach kein Deutsch. Oft kam sie zu uns und machte *su böreği*, ein aufwendiges türkisches Backwerk mit Schafskäse zwischen den zuvor einzeln in Wasser gekochten hauchdünnen Teiglagen.

Unsere Siedlung nannte man auch „Klein Jerusalem", erfuhr ich später. Wir wohnten nahezu neun Jahre in „Klein Jerusalem". Die so gut aussehenden Häuschen wiesen kleine Mängel auf, wie sich bald heraus stellte. So hatten einige Mieter Schimmel an den Wänden – wir entdeckten unseren recht spät, da er von einem großen altmodischen Küchenschrank verdeckt wurde. Prüfend stach ich mit einer Gabel in die Außenwand – sie ging wie durch Butter. Da hatte man wohl beim sozialen Wohnungsbau ein wenig gespart.

Unsere Kinder kamen in den Kindergarten und später zur Schule, fanden bald Freunde im Ort, so wie wir auch. Sie waren beide gute Schülerinnen und kamen problemlos im Unterricht mit. Die Matheaufgaben der Klassenkameraden wurden erst zur Kontrolle an Micki gegeben, bevor sie an die Lehrerin weitergereicht wurden, wie diese einmal lachend auf einer Elternversammlung berichtete. Güldi erlernte unglaublich schnell Fremdsprachen und gab einer Mitschülerin sogar Nachhilfe in Englisch. Leider war der vom türkischen Erziehungsministerium entsandten Lehrer abgehaltene Türkischunterricht an der Schule eher mau. Micki malte dort fast nur Bilder, und auch Güldi lernte kaum etwas. Da die türkischen Kinder diese muttersprachlichen Stunden gerne schwänzten, fiel er zudem oft aus, da mindestens drei Schüler teilnehmen mussten.

Eine Zeit lang dachten wir daran, nun endgültig in Deutschland zu bleiben. Doch dann spielten unterschiedliche Faktoren die entscheidende Rolle für unseren Entschluss, erneut in die Türkei zu ziehen. Ich bekam Bronchitis und verschleppte sie, indem ich versuchte, die vermeintliche Erkältung auf Pflanzenbasis auszukurieren. Es ging mir immer schlechter, ein Weg zum Internisten blieb mir nicht erspart. Nun wurden Medikamente und verschiedene Antibiotika an mir ausprobiert. Nichts wollte wirken! Es dauerte ganze drei Monate, bis ich die Bronchitis endlich los wurde. Auch die Kinder bekamen jetzt öfter so etwas, sodass die Ärztin uns schließlich ein eigenes Inhalier-Gerät verschrieb: „So oft, wie ihr Bronchitis habt, lohnt sich das für euch!" Pünktlich im Oktober ging es los mit meiner Bronchitis – bis November, Dezember hatte ich daran zu knabbern. „Chronisch", sagte mein Arzt, „Die werden Sie nie mehr los!" Zu jenen Zeiten hatten wir stets eine raue weiße Schicht auf den Autos. Wir sammelten Unterschriften, damit die maroden Filter der nahen Zementfabrik in Ordnung gebracht wurden.

Im folgenden Winter erwischte es mich so stark, dass ich über eine Woche das Bett kaum noch verlassen konnte und meine Mutter zur Hilfe rief wegen der Kinder. Der Arzt musste kommen, denn das Thermometer kletterte auf 41 Grad. Mit Novalgin gelang es schließlich, das Fieber zu senken – ich hatte eine schwere Grippe gekoppelt mit der üblichen Bronchitis. Der Winter war ohnehin nie mein Freund gewesen, jetzt hasste und fürchtete ich ihn geradezu. Wir fuhren mit unserem R19, den wir auf Abzahlung erstanden hatten, in die Türkei. Es war jenes Jahr, in dem mein Schwager den Vertrag mit einer Kooperative für ein Reihenhaus am Stadtrand unterschrieb. Meine unverheiratete Schwägerin hatte eine geräumige Eigentumswohnung erhalten, die sie gemeinsam mit ihren Eltern bewohnte, uns hatte Schwiegervater damals mit unserer Wohnung geholfen, folglich zahlte er nun die Raten für seinen Jüngsten ab. Es wurde immer so gebaut, wie Geld von den Mitgliedern der Kooperative hereinkam. Ich war begeistert von dem begehbaren Modellhaus und fragte, ob hier auch für uns eine Möglichkeit bestünde. Nachdem wir uns in Deutschland an das Reihenhaus gewöhnt hatten, erschien der Gedanke verlockend, zumal es eine sehr schöne Gegend im Grünen war. Wie viel konnten wir jeden Monat überweisen? Schwiegervater stellte eine Rechnung auf. Ja, es sollte wohl klappen! Den neuen Wagen konnten wir nun allerdings nicht mehr halten, da zwei Abzahlungen schier unmöglich waren. Zudem arbeitete ich jetzt wieder stundenweise, um das Etat aufzubessern, und mein Vater hütete die Kinder, da meine Mutter noch nicht in Rente war. An den Wochenenden gingen Hugo und ich Prospekte verteilen – sowas hatte ich schon zu meinen Schulzeiten gemacht. Monatlich überwiesen wir sauer verdientes Geld für das Reihenhaus in die Türkei. Was fehlte, legte Schwiegervater drauf. Später erfuhren wir, dass er sich in jenen Jahren nicht mal ein paar neue Schuhe gegönnt hatte. Jedes zweite Jahr fuhren wir weiterhin auf Verwandtenbesuch in die Türkei, doch wir machten auch Billigurlaub in Frankreich, England und Camping an der Algarve - letztes mit dem R5 meines inzwischen verstorbenen Vaters. Der Wagen hatte sich in der Garage kaputtgestanden, und auf der Rückfahrt ließ uns prompt der Kühler im Stich. Wir kippten ab Andalusien flaschenweise Dichtungsmittel hinein und brauchten gut vier Tage für die Strecke zurück nach Deutschland. In den

Kasseler Bergen war es dann ganz vorbei - der ADAC kam, um uns abzuschleppen. Niemand wollte uns glauben, dass wir mit dem maroden Kühler, der inzwischen porös wie ein Sieb war, den weiten Weg aus Portugal kamen.

Nach zehn Jahren Deutschland beschlossen wir, erneut umzuziehen und warfen damit unsere eigentlich schon seit einigen Jahren darauf vorbereiteten Töchter (9 und 13) sozusagen ins kalte Wasser. Güldi sollte, nach Absprache mit dem dortigen Direktor, an einem deutschsprachigen Gymnasium in Izmir angemeldet werden, musste aber dafür einen Bescheid von der Schule in Deutschland mitbringen, dass sie ein Jahr überspringen konnte. Sie bekam das Papier problemlos, und wir machten uns mit unserem Auto aus zweiter Hand auf in die Türkei. Um diesen PKW in sein Heimatland einzuführen, musste mein Mann *kesin dönüş* - eine endgültige Rückkehr machen und seine Aufenthaltsberechtigung für Deutschland stornieren lassen. Damit wollte der türkische Staat verhindern, dass man mehrere Autos in die Türkei einführte, wo diese erheblich teurer waren. Mit uns zogen auch eine nagelneue Einbauküche - ein Geschenk meiner Mutter - ein portugiesisches Schlafzimmer, diverse Umzugskartons mit allem Möglichen, sowie Fahrräder - die wir mangels Gelegenheit und geeigneten Fahrradwegen nie benutzen sollten, haufenweise Spielzeug und vor allem kistenweise Bücher um. Meine Schwiegereltern konnten sich das Lachen nicht verkneifen, als der viel zu teure Transporter ankam und sie all die abgeladenen Sachen sahen: „Jeder hat ja Möbel und Kartons beim Umzug - aber das hier!" Sie waren selbst, beruflich bedingt, oftmals innerhalb der Türkei umgezogen. Meine Schwägerin ist in Bursa geboren, ganz in der Nähe der kleinen Stadt aus der Schwiegermutter stammt, mein Mann im bitterkalten und schneereichen Nordosten der Türkei, in Sarıkamış nahe der ehemaligen Sowjetgrenze und mein Schwager in Konya, der Stadt der tanzenden Derwische mitten in der Steppe.

Neubeginn

Das Millennium sollte für uns bezeichnenderweise einen völligen Neustart bedeuten. Anfang August 2000 fuhren wir, stolze Besitzer eines gebrauchten Opel Vectra, hoffnungsvoll der türkischen Grenze entgegen. Unser überteuerter Möbeltransporter sollte die Türkei erst Tage später erreichen. Wir zahlten fast den dreifachen Preis des Monate zuvor genannten für unseren anteilmäßigen Frachtraum im Lkw. Später stellte sich heraus, dass diese Preise stark schwankten, je nachdem, ob es genug Lkws gab, die gerade leer in die Türkei zurückfuhren oder nicht. Wir hatten also eine denkbar schlechte Zeit erwischt. Doch es ging nicht anders. Mitte September öffneten die Schulen in der Türkei ihre Türen, und natürlich hatten wir den Ferienbeginn in Niedersachsen abwarten müssen.

An der türkischen Grenze erwartete uns ein Anblick wie auf dem Campingplatz: Überall standen Autos herum, und daneben hockten ganze Familien mit Picknickkörben und Gaskochern, auf denen munter der Tee vor sich hin brodelte. Mit unseren Papieren in der Hand betrat mein Mann die kleine Grenzstation, ein Beamter kam und leuchtete mit einer Lampe ins Wageninnere. Die Kinder befanden sich im Halbschlaf, denn es war bereits tiefe Nacht. Die Passkontrollen gingen problemlos und schnell über die Bühne, doch dann mussten wir die Motornummer unseres Autos registrieren lassen – eine Maßnahme, die es im Ausland so nicht gibt. Nun kamen liebe mitwartende Landsmänner meinem Mann zur Hilfe. Mit mehreren Taschenlampen und viel Geduld konnte die Nummer schließlich ermittelt und notiert werden.

In dem kleinen Stationshaus war auch der Zoll untergebracht. Gemeinsam mit meinem Mann ging ich hinein. Dort traf es mich wie ein Schlag: Beißender Qualm schlug mir entgegen!

Die Beamten hatten eine sogenannte Mückenkeule entzündet, da es in Thrakien wegen der nahen Reisfelder nur so von den stechenden kleinen Plagegeistern wimmelte. Man sagte uns, wir müssten Kopien von irgendwelchen Papieren machen lassen, aber der Kopierer sei leider kaputt. Mein Mann solle in den nahegelegenen Ort laufen und die Dokumente dort kopieren lassen. Das war blanker Hohn, denn um diese Uhrzeit arbeitete dort niemand mehr. Hugo versuchte den Beamten das klar zu machen – doch sie blieben dabei - wir müssten dann eben bis zum Morgen warten, bis der Kopierer repariert sei.

„Na! Das sind ja schöne Aussichten!", sagte ich zu meinem Mann, der seltsam ruhig blieb. Jetzt mussten wir aber dringend mal wo hin. Zuerst zockelte ich mit den inzwischen erwachten Kindern los. Das Toilettenhäuschen war nur durch eine Laterne von draußen schwach beleuchtet – doch das genügte: Angewidert schauten wir auf fünf versiffte Stehklos und eine bis zum Rand mit Müll vollgestopfte Sitztoilette. Es gab kein Wasser, weder zum Abziehen noch zum Hände waschen. Deprimiert kehrten wir zum Auto zurück und versuchten, es uns so bequem wie möglich für die Nacht zu machen, nachdem wir unsere Hände mit Trinkwasser aus unseren Flaschen und Feuchttüchern gereinigt hatten.

Am nächsten Morgen war Schichtwechsel auf der Station und keine Rede mehr von irgendwelchen Kopien. „Das habe ich mir gedacht", sagte mein Mann in ruhigem Ton, als der freundliche Beamte uns durch die Sperre dirigierte. „Die wollten nur Geld rausschlagen. Hat aber nicht geklappt." Erst jetzt fiel mir auf, dass Gepäck und Kofferraum gar nicht kontrolliert worden waren. Jahre später lasen wir in der Zeitung, dass inzwischen viele Zollbeamte mittels versteckter Kameras wegen Bestechung ermittelt und entlassen worden waren.

In Izmir angekommen, stellten wir fest, dass die Mieter - ein Bankdirektor mit Familie! - die damals unsere Wohnung nach dem Studenten übernommen hatten, ausgezogen waren, uns um die letzte Miete geprellt, die Stubentür aufgebrochen und alles in saumäßigem Zustand hinterlassen hatten. Wir verkauften die Wohnung in sehr guter Lage später mit erheblichem Verlust, da die neuen Besitzer erst vieles wieder instand setzen mussten.

Wir waren leider zum Verkauf gezwungen, weil der Transport ein großes Loch in unsere Ersparnisse gerissen hatte. Zudem wollte Hugo sich seine deutsche Rente auszahlen lassen – er bekam natürlich nur den selbsteingezahlten Anteil dabei heraus. Die Bedingung dafür war, dass er die ersten zwei Jahre in der Türkei nicht arbeitete. Diese, in meinen Augen unsinnige und ungerechtfertigte Bestimmung stellte uns vor neue Probleme: Wir mussten mit unserem vorhandenen Geld überleben, was aber dank der hohen Bankzinsen damals noch möglich war. Unser Haus war noch nicht ganz fertiggestellt, und so zogen wir bei den Schwiegereltern ein. Mein Schwager war inzwischen verheiratet und in sein Haus, nahe dem unsrigen, eingezogen. Trotz allem war es mit sieben Personen in einer Etagenwohnung eine beengende Situation, vor allem für die Kinder, die den Garten in Deutschland gewohnt waren.

Währenddessen waren unsere Möbel und Kisten vom türkischen Zoll freigegeben. Wenig später stand die Wohnhalle unseres noch nicht ganz fertigen Eigenheims voller Kisten und Kartons. In der Küche war das Wasser noch nicht angeschlossen, da wir die Einbauküche ja aus Deutschland mitgebracht hatten und mein Mann sie selber einbauen wollte.

Kurz bevor die Schulen öffnen sollten, zogen wir dann doch noch in unser eigenes Heim, nachdem ich genervt damit gedroht hatte, mit den Kindern wieder zurück nach Deutschland zu fliegen, wenn diese Situation noch länger anhielte.

Schaffe, schaffe, Häusle baue

Wir hatten geschaffen - sprich gearbeitet und bezahlt, das Häusle bauten andere. Die Kooperative hatte damals einen Kontrolleur aus den eigenen Reihen eingesetzt. Da es sich aber um 92 über das Baugebiet verstreute Reihenhäuser handelte, war das gar nicht so einfach. Früher gab es hier nur Wald und Olivenbäume. Die Bauarbeiter für unsere Kooperative kamen damals als billige aber ungeschulte Hilfskräfte oftmals aus dem Osten des Landes – einige übten solch eine Tätigkeit anscheinend zum ersten Mal aus und kamen wohl frisch von den heimatlichen Feldern. Große Bauunternehmen agierten natürlich anders, sonst wären die hohen Häuser wahrscheinlich schon beim ersten Erdbeben eingestürzt. Tatsache ist, dass wir zwar ein sehr solides Fundament haben – bei der Gartenarbeit stieß der Spaten sofort auf Felsen, und wir mussten haufenweise Erde ankarren – und dass das Betongerüst stabil ist. Allerdings hatte man sich beim Bau gründlich vermessen, und so war die Stubendecke unseres Hexenhäuschen - wie ich es nenne – links 13 Zentimeter niedriger als rechts. Wer *Harry Potter* gesehen hat, weiß, wovon ich spreche: Das grün getünchte Haus mit den schönen Erkern war unser ganz persönlicher *Fuchsbau*.

Der Spuk sollte dann auch bald beginnen! Vorerst standen wir aber noch in der Wohnhalle und versuchten uns einen Weg in die dahintergelegene Küche zu bahnen. Das Haus ist schmal, aber lang, im amerikanischen Stil gebaut. Direkt nach dem kleinen Vorgarten kommt die damals noch nicht ganz überdachte Terrasse mit der Eingangstür, die in den etwas dunklen Salon führt – einen Flur gibt nicht. Genau gegenüber der Tür führt eine Treppe in den ersten Stock mit den drei Zimmern, Waschmaschinenraum und Bad. Auch das Schlafzimmer hatte damals noch ein eigenes Duschbad, das jedoch nicht benutzbar war, da die Ecke keinen geraden Winkel hatte, sodass man das zugehörige Becken gar nicht erst einbauen konnte. Kurzerhand funktionierten wir das Bad zu einem Abstellraum mit Schränken für wenig genutzte Klamotten und meine Mal- und Bastelsachen um. Vom Salon – besser gesagt der Wohnhalle - gehen zwei Türen ab, eine führt zu einem schrägen, unter der Treppe gelegenen Abstellraum, der mir inzwischen als Speisekammer dient, und die andere zum Gäste – WC. Geradeaus kommt man durch einen offenen Durchgang in die Küche. Durch eine Außentür gelangt man von dort auf die hintere Terrasse sowie in einen kleinen Innengarten, der an die Gärten der nebenan und gegenüberliegenden Häuser grenzt. Im Dachgeschoss befindet sich ein geräumiges Gästezimmer mit Bad und geschlossenen Abstellplätzen zu beiden Seiten unter den Dachschrägen, die sogleich zu Rumpelkammern umfunktioniert wurden. Da die türkischen Dächer sehr niedrig sind, kann man sich dort allerdings nur in gebückter Stellung oder auf allen Vieren kriechend bewegen.

Das Dach sollte uns noch erhebliche Probleme bereiten! Als das Nachbarhaus damals im Rohbau war und wir einmal dort hinaufstiegen, stellten wir entsetzt fest, dass unserem Dach an mehreren Stellen halbe Ziegel fehlten. Natürlich reklamierten wir, bevor wir damals nach Deutschland zurück mussten, und hofften nun bei Einzug, dass alles in bester Ordnung sei.

Wie sehr wir uns irrten, stellten wir beim ersten Regen im Spätherbst fest! Gemeinsam mit den Kindern kniete ich mit Eimern und Tüchern bewaffnet unter der Dachschräge, um das Schlimmste zu verhindern. Wir hatten ganze Seen aufzuwischen, und das Wasser stürzte weiterhin erbarmungslos vom Himmel. Wenn es in Izmir regnet, dann aber richtig! Bei jedem Regen gab es Probleme, einmal rauschte das Wasser die Treppe hinunter bis in den ersten Stock. Mehrere Stellen im Dach waren undicht. Es half alles nichts, die Dachdecker mussten kommen! Doch auch danach bestand das Problem weiterhin bei jedem starken Regen. Nachdem wir dreimal für erfolglose Dachreparaturen bezahlt hatten, stieg mein Mann schließlich selbst hinauf. Dabei stellte er fest, dass Ziegelsteine nicht richtig lagen oder zerbrochen waren und sich darunter – auch nur teilweise - morsche Planen befanden. Jahre später tauschte er diese mit Hilfe eines Freundes komplett gegen Onduline-Platten aus. Ganz behoben sind die Mängel zwar auch heute noch nicht, aber jetzt tropft es wenigstens nur noch selten in Nähe der Bodenfenster durch. Es ist uns ein Rätsel, wo das Wasser noch eindringen kann. Jedes Mal versichert mein Mann triumphierend: „Ha! Ich habe die Stelle gefunden. Nun ist es endgültig dicht!" Sieger bleibt das Wasser, es bahnt sich seinen Weg. Erker, Schornsteine und Lüftungsschächte sind Schwachstellen in einem Land, in dem es anscheinend nur wenige Dachdecker gibt, die ihr Handwerk wirklich verstehen. Nach jedem Regen sehe ich Nachbarn kopfschüttelnd auf ihren Dächern stehen und Ziegelsteine austauschen. Eines Tages wird das marode Dach komplett erneuert werden müssen. Da kommen Kosten auf uns zu!

Hugo war noch mit dem Einbau der aus Deutschland mitgebrachten Einbauküche beschäftigt. Auch das war ein Problem, da zuvor verkehrt ausgemessen wurde, sodass die Arbeitsplatte mit einer Stichsäge um 10 Zentimeter verkürzt werden musste. Mein Mann ist sehr pedantisch und misst alles genau nach, den Fehler hatte wer anders begangen. Zudem kachelte Hugo die Küche selbst und baute den Küchenkamin mit der Dunstabzugshaube ein. Bis das alles fertig war, holte ich das Wasser für die Kaffeemaschine aus dem nahegelegenen Gäste-WC. Eines Morgens öffnete ich wieder mit der Kanne bewaffnet die Tür zum WC und setzte meinen Fuß, in Vorfreude auf eine Tasse dampfenden Kaffee zum Frühstück, im Dunkeln in den Raum. *Platsch!* Ich stand im Wasser. Das Klo war übergelaufen, und nur die hohe Schwelle hatte bisher verhindert, dass das Abwasser auf das Parkett in die Wohnhalle floss. Wir gingen von einer Verstopfung irgendwo im Erdgeschoss aus. Vorerst durften wir natürlich weder Toilette noch Dusche benutzen. Hugo informierte seinen Vater, und der brachte einen Bekannten der Familie mit, der im Sanitärbereich arbeitete. „An welcher Stelle führt das Rohr nach draußen?", fragte der Mann. Hugo erinnerte sich, dass es damals beim Bau direkt unter dem Hauseingang endete – dort musste sich also die Anschlussstelle zum Hauptrohr befinden, das dann wiederum im Abwasserkanal endete. Mit einem Presslufthammer rückte unser Bekannter der Stufe vor der Eingangstür zu Leibe. Und dann wurde es offenbar: Die Arbeiter hatten unseren Abfluss einfach zubetoniert, es gab gar keine Verbindung nach draußen! Kurz darauf ergoss sich eine stinkende Brühe in unseren Vorgarten. Das ganze Haus duftete nach Kloake. Ich nahm beide Töchter an die Hand und floh mit ihnen eine Straße weiter zu meiner Schwägerin. Das fehlende Verbindungsrohr wurde zwar erstaunlich schnell verlegt – doch noch heute hege ich eine tiefe Abneigung gegen das Gäste-WC.

Es spukte in unserem Haus! Atemlos beobachteten die Kinder und ich vom Sofa aus, wie der Beistelltisch wie von Geisterhand bewegt langsam nach oben schwebte. Gespannt gingen wir der Sache auf den Grund und stellten fest, dass das Parkett darunter eine verdächtig große Beule aufwies. Direkt hinter dem Tischchen befand sich ein mit einer eckigen Säule dekoriertes Abflussrohr, das aus dem Bad im ersten Stock herunterführte. Bei einer späteren Kontrolle zur Stabilität des Hauses in einem Erdbebengebiet, konnten wir übrigens in letzter Sekunde verhindern, dass der Experte es anbohrte, da er es für einen der hier üblichen Betonpfeiler hielt. Hugo wurde zu Hilfe gerufen. Fachmännisch besah er sich den Holzboden und löste die feuchten Teile heraus. Auch der Beton darunter war nass und musste mit einem geliehenen Presslufthammer aufgemeißelt werden. Bedauernd schüttelte mein Mann den Kopf: „Ich muss leider auch die Säule aufhauen." Das hatte ich befürchtet – wer weiß, was uns nun wieder erwartete! Spannend war es allemal! Gebannt schauten wir zu. Entrüstet besah mein Mann sich kurz darauf das freigelegte Stück Rohr: „Das Verbindungsstück hat einen Riss und sitzt auch gar nicht richtig auf dem Rohr! Es ist ja nicht zu glauben! Die haben uns einfach ein kaputtes Teil eingebaut!" Er war zu Recht verärgert, denn nun konnten wir das Bad schon wieder nicht benutzen. Also musste er jetzt schnell zum Baumarkt, neue Teile besorgen und sie vom Fachmann gegen die unbrauchbaren austauschen lassen. Danach würde er das aufgequollene Parkett erneuern und anschließend die dekorative Säule wieder instand setzen.

Türkische Schule

Wir waren noch nicht ganz mit Auspacken fertig, als auch schon die Schule für die Kinder begann. Wären wir in Deutschland geblieben, würde unsere Älteste mit ihren 13 Jahren nun bereits auf ein Gymnasium gehen. Auch hier war das so geplant, doch als wir Güldi auf dem nahegelegenen Anadolu-Fremdsprachen-Gymnasium, auf dem fast alle Fächer in Deutsch abgehalten wurden, anmelden wollten, kam das böse Erwachen: Der Schuldirektor hatte gar nicht die Befugnis, jemanden einfach so aufzunehmen. In unserem Fall bestimmte das Erziehungsministerium in Ankara – warum auch immer, der Direktor hatte uns schlichtweg falsch informiert. Da wir aus dem Ausland zugezogen waren, würde ein Test in türkischer Sprache den Wissensstand unserer Tochter prüfen. Normalerweise wurden diese Kinder sogar um eine Klasse zurückgestuft. Güldi hätte also die sechste Klasse wiederholen müssen.

Das Schulsystem in der Türkei unterscheidet sich sehr von dem deutschen. Hier sind Grund- und Mittelstufe in einem Gebäude zusammengelegt, wobei damals die Grundstufe fünf und die Mittelstufe drei Jahre dauerte. Nach der Mittelstufe kam ein Türkeiübergreifender schriftlicher Marathontest (Türkisch, Mathematik, Naturwissenschaften, Geografie, Geschichte, Religion), der etwa 3 Stunden dauerte. Die erreichte Punktzahl dieses Tests entschied darüber, auf welches Gymnasium man letztendlich für vier Jahre kam. Nach Punktbekanntgabe gab man seine bevorzugten 10 oder 12 Gymnasien an, wobei dann derjenige mit den höchsten Punkten deutlich im Vorteil war. Wenn die Kapazität an freien Plätzen einer Schule erreicht war, bekam man eben die zweite oder dritte Wahl – oder im schlechtesten Fall gar nichts. (Inzwischen ist man zu einem 4+4+4 System übergegangen.)

Unsere Tochter wehrte sich mit Händen und Füßen. Nun sollte sie also in die gleiche Schule wie ihre jüngere Schwester gehen und noch dazu ein Jahr zurückversetzt werden?! Zudem gab es hier Schuluniformen. Die der Grundschüler war sehr unattraktiv mit blauen Kleidern und weißen Kragen. „Wenn ich das anziehen soll, gehe ich eben gar nicht mehr zur Schule", meckerte sie. Ich bezweifelte, dass Güldi mit ihren schwachen Türkischkenntnissen den verlangten Test schaffen würde und bekam Gewissensbisse. In der Schule beruhigte man uns jedoch. Gegen eine kleine Spende für die Schule – wie leider in so vielen Staaten dieser Welt, wurde das Budget für Schulen und Bildung stets knapp gehalten, wobei für andere Dinge immer genug Geld vorhanden war – würde unsere Tochter den Test bestehen, wir sollten uns da mal gar keine Sorgen machen. So war es denn auch, und Güldi kam glücklich mit einem graubordeaux-farbigen Faltenrock, weißer Bluse, Krawatte und grauer Baumwollweste in die siebte Klasse der begehrten Mittelstufe.

Bei Micki schien alles einfacher zu sein. Dieselbe Schule nahm sie ohne jeglichen Test direkt in die vierte Klasse auf. Nun hieß es allerdings pauken bis in die Nachtstunden, um den Unterrichtsstoff in einer weitgehend fremden Sprache aufzuholen und mitzukommen. Hier waren die Kinder viel weiter in Mathe als in Deutschland. Mein Mann übte mit ihnen Türkisch und ich Mathematik – ich, die selbst auf dem Gymnasium in Geometrie und Algebra alles andere als eine Leuchte war! Dazu muss ich sagen, dass unsere Töchter es ohne die netten Lehrer und hilfsbereiten Mitschüler damals wahrscheinlich nicht so schnell geschafft hätten. Es hagelte Lob und hohe Punktzahlen, wenn etwas annähernd richtig war, und die Kinder in der Klasse klatschten begeistert Beifall und halfen, wenn etwas mal nicht so glatt ging. Unsere Kinder waren angenommen, sie gehörten dazu. Das motivierte.

Im Sportunterricht wurde hauptsächlich Ball gespielt oder sich frei bewegt. Für die Lehrer war wichtig, dass die Kinder eine Aktivität zeigten – es war eben nicht jeder ein Ass im Turnen. Machte man mit, war die 5 (eine deutsche 1) sicher. Die Schule verfügt übrigens auch über ein Basketball - Team.

Es gab natürlich Dinge, die uns missfielen, so zum Beispiel die (inzwischen zum Glück etwas gelockerte) Kleiderordnung oder das lange bei großer Hitze draußen Anstehen zum Morgenapell. So kam einmal Güldi nach Hause und sagte: „Die Lehrerin hat mich heute als fehlend eingetragen!" Woraufhin ich verwundert fragte: „Aber warum denn? Du warst doch dort!" „Ich habe meine Krawatte vergessen", lautete die Antwort. Ich reagierte verärgert: „Morgen gehe ich zur Lehrerin und mache Rabatz! Die soll deine Krawatte als fehlend eintragen, aber nicht dich!" Meine Tochter ahnte wohl Schreckliches: In Deutschland hatte ich einmal die Kunst-Lehrerin zusammengestaucht, weil sie als einziges nur Mickis Bild nicht aufgehängt hatte, mit der Begründung, es sei nicht gut genug. Welch tolle Pädagogin! Ein anderes Mal erlebte die Sekretärin der Schule ihr blaues Wunder: Sie bestritt bei der Anmeldung, dass Micki beide Staatsbürgerschaften – die türkische und die deutsche - besaß. „So etwas gibt es nicht!", zickte sie. „Das ist Geburtsrecht und somit eine Ausnahme", erklärte ich ihr. „Nein!", antwortete sie und sah mich mit ihren stechenden Augen an. Das war der Moment, in dem ich ausrastete: „Wissen SIE das oder weiß ICH das als Mutter?! Schauen Sie gefälligst mal in Ihre Unterlagen! Die Schwester ist bereits hier auf der Schule! Was steht denn bei ihr als Nationalität?" Die Sekretärin forschte tatsächlich nach und seufzte dann: „Das verstehe ich nicht – aber gut, ich trage es ein." Ja, Verstehen ist eben nicht jedermanns Sache! Mein Mann, der – ebenso wie unsere Mädchen - alles schweigend verfolgt hatte, sagte mir draußen, er habe mich noch nie so wü-

tend gesehen – meine giftgrünen Augen hätten Funken ge-
sprüht.

„Nee, Mama, ich will keine Schwierigkeiten, lass es lieber",
lautete dann auch Güldis Antwort. Es war eine weise Entscheidung, wie ich später einsehen musste, nachdem eine englische
Freundin mir berichtete, dass ihr Sohn im Englischunterricht 0
Punkte bekam, weil er es gewagt hatte, den Lehrer zu verbes-
sern. Natürlich reagieren auch in der Türkei nicht alle Lehrer
auf diese Art und Weise, dennoch fühlen sie sich in ihrer Autori-
tät untergraben, wenn ein Schüler etwas richtigstellt. Schade,
denn für mich sind Lehrer auch nur Menschen, und Menschen
dürfen mal Fehler machen, sie müssen und können nicht perfekt sein.

Mein Verhältnis zu meinen Töchtern als Mutter war immer
ein freundschaftliches, nie ein autoritäres. Fast alles konnte
vernünftig und kindgerecht erklärt oder ausdiskutiert werden.
Ich weiß, dass viele Mütter - sowohl in Deutschland wie auch in
der Türkei - anders dachten und meine Methoden insgeheim
belächelten. Doch mir waren Liebe und Vertrauen meiner Kinder wertvoll. Was heute aus ihnen geworden ist, zeigt mir, dass
dieser Weg nicht verkehrt war. Ich selber konnte solch ein Vertrauen als Kind sehr autoritärer Eltern leider nie entwickeln
und weiß daher, wie wichtig und prägend es für das ganze Leben ist.

Ein anderes Mal passte Mickis Haargummi farblich nicht zur
Uniform. Es sollte grau oder bordeauxrot sein. Die stellvertre-
tende Direktorin stand gerne am Eingang und kontrollierte die
hereinkommenden Kinder. Diesmal konnte ich mir ein Grinsen
kaum noch verkneifen. Irgendetwas stimmte nicht mit dieser
Frau, die stets knallrot lackierte Nägel hatte und sich aufdon-
nerte wie sonst was! Später erfuhr ich, dass praktisch alles am
Direktor der Schule hängt. Meine Nichte trägt Ohrringe im Unterricht – bei unseren war jeglicher Schmuck strikt untersagt –

und an manchen Schulen kommen die Kinder in Zivilkleidung. Damals durften die Schüler der Grundstufe nur im Juni oder September, wenn es richtig heiß war, im Turnanzug zum Unterricht erscheinen. Das Sportzeug war ebenfalls blau und bestand aus T-Shirt und kurzer Hose.

Nach nur zwei Jahren musste Güldi in den großen Test für das Gymnasium. Vorher hatte sie oft bis in die Nacht hinein gebüffelt und ist mit vielen anderen Schülern an den Wochenenden stundenweise in eine *dershane* – kostenpflichtige Wochenendschule gegangen, um den unzureichenden Schulunterricht auszugleichen und auf Tempo zu arbeiten. Denn beim Eignungstest müssen später so und so viele Fragen in so und so viel Minuten beantwortet werden. Da war es Essig mit Freizeitvergnügen. In jenem Jahr fielen sämtliche gemeinsamen Unternehmungen flach. Aber der türkische Schüler kennt es nicht anders und – er ist ja mit seinen Freunden auch in der *dershane* zusammen. Inzwischen sind diese in Etüt umbenannten und die - das Etat der Eltern stark belastenden - Wochenendschulen zahlenmäßig zwar reduziert, aber leider noch immer nicht ganz abgeschafft.

„Hoffentlich schafft sie das nach so kurzer Zeit – so ein blödes System", sagte ich zu meinem Mann. Es war Nervenkitzel für die ganze Familie bis die Ergebnisse vorlagen. Unsere Tochter kam freudestrahlend aus dem Test und verkündete stolz: „Das war ganz einfach!" Tatsächlich: Sie bekam mit ihrer Punktzahl wirklich das an erster Stelle gewünschte Gymnasium auf ihrer Liste.

Drei Jahre später musste auch Micki in den Marathontest. Auch hier dachte ich: Oh weh! Es gab nur 30 Plätze für Französisch an der von ihr gewünschten Schule. Auf den Fremdsprachengymnasien wählt man Englisch, Deutsch oder Französisch schon vorher als Hauptfach. Güldi hatte Englisch ausgesucht, doch für Deutsch und Französisch waren sowohl Schulen als auch Plätze sehr begrenzt.

„Ich will aber Französisch", sagte Micki und gab nur drei Schulen an, denn woanders bestand diese Möglichkeit gar nicht erst. Sie bekam tatsächlich einen Platz in der Französischklasse des auf dem ersten Platz ihrer Liste rangierenden Gymnasiums, der BAL.

Einmal bekam ich zufällig eine Beratung in der Mittelstufe der Schule zwecks dieser Weiterbildungsmöglichkeiten mit. Nicht jeder will oder kann auf ein Anadolu-Gymnasium. Es gibt alternativ normale oder kostenpflichtige private Gymnasien mit niedrigerer Punktzahl, sowie Berufsgymnasien, die auch eine praktische Ausbildung beinhalten – die Schüler schnuppern sozusagen in die Berufe hinein. Auf solch ein Berufsgymnasium ging eine künstlerisch sehr begabte Freundin von Micki, sie belegte dort bildende Künste und arbeitete später für die Stadt Izmir. Danach setzte sie noch ein Kunststudium drauf und unterrichtet nun selber Kunst. Einer ihrer Freunde hörte nach der achten Klasse ganz auf mit Lernen und stieg ins Frisörhandwerk ein. Diese beiden sind mir besonders gut in Erinnerung, da wir einst so gemütlich zu viert in unserer Küche bei türkischem Kaffee, den der Junge gekocht hatte, saßen, Karten legten und über alles Mögliche fachsimpelten.

Devolution

Es gab nun die ersten Supermärkte, ja, sogar einen Baumarkt in Izmir. Das erleichterte das Einkaufen ungemein, obwohl wir natürlich sehr sparsam sein mussten, da mein Mann ja nach wie vor nicht arbeiten durfte. Die hohen Zinsen ermöglichten uns dennoch ein weitgehend normales Leben. Natürlich waren wir alle nicht versichert. Micki trug damals eine Zahnklammer, und diese Behandlung musste nun fortgesetzt werden. Eine teure Angelegenheit, wenn man so etwas privat zahlen soll. Über einen Bekannten bekamen wir eine Vermittlung an eine Universitätsklinik. Eine Professorin / Kieferorthopädin nahm sich dort unserer an.

„Aber wir haben noch keine Versicherung, das wird doch sicherlich viel Geld kosten", warf Hugo vorsichtig ein und erklärte unsere Situation. Die Professorin winkte ab und besah sich zunächst Mickis Zähne.

„Kein Problem. Lasst mich nur machen", sagte sie dann. Die Behandlung unserer Tochter wurde problemlos weitergeführt. Die Methoden waren die gleichen wie in Deutschland auch. „Eventuell muss ich zwei gesunde Zähne ziehen, da der Kiefer zu eng ist", sagte die Kieferorthopädin. Wir erschraken und riefen meine Mutter an, da in Deutschland von Zähne ziehen nie die Rede gewesen war. Meine Mutter wandte sich dann auch prompt an den Zahnarzt, der Micki damals an den Kieferorthopäden überwiesen hatte.

„Auf keinen Fall gesunde Zähne ziehen lassen!", lautete die Antwort. Nach Rücksprache mit der behandelnden Professorin stellte sich heraus, dass es auch anders ging und sie nur *eventuell* gesagt hätte. Im Endeffekt behielt unsere Tochter ihre Zähne und wurde schließlich mit gerichtetem Gebiss aus der Behandlung entlassen - nachdem mein Mann bereits Arbeit hatte und wir alle bei ihm mitversichert waren. Während wir in Deutschland immer ein schönes Sümmchen zuzahlen mussten, hatten wir hier nur einen winzigen Beitrag an Materialkosten zu leisten. Wie die Kieferorthopädin es letztendlich drehte, bleibt wohl ihr Geheimnis. Die türkische Krankenversicherung übernahm anscheinend sämtliche Behandlungskosten, denn sie wurden uns nie in Rechnung gestellt.

Die auf den ersten Blick stabil erscheinende Wirtschaftslage war in Wirklichkeit alles andere als stabil. Im Jahr 2002 brach die Wirtschaft ein. Devolution! Hundertprozentige Geldentwertung – unsere Lira war von einem Tag auf den anderen nur noch die Hälfte wert. Doch abermals Glück im Unglück! Die Devolution kam gerade zu der Zeit, als mein Mann seine deutsche Rentenauszahlung in DM überwiesen bekam. Plötzlich hatten wir Geld! Was damit tun? Hugo hatte schon einmal im Metallwarenhandel gearbeitet. Einen kleinen Laden kaufen? Wir studierten die Zeitungen – zu jenen Zeiten meine Lieblingsbeschäftigung, da ich mit einem Ferienhaus oder einer Wohnung im Ferienort Çeşme spekulierte. Es war ein Witz! Wir wohnten in der Türkei, aber in Izmir konnte man nicht ins Meer!

Die Immobilien in Çeşme waren zu teuer für uns – und im günstigen aber überlaufenen Kuşadası fühlte ich mich nicht wohl. Aber jetzt wäre es möglich! Die Preise waren eingefroren, mit unseren Devisen umgerechnet nur noch halb so hoch. Es sollte übrigens über ein Jahr dauern, bis die Preise der Devolution annähernd angeglichen wurden. Momentan stockte alles. Wer wollte oder konnte jetzt schon etwas kaufen? Viele Läden meldeten Konkurs an, und eins der neuen Einkaufszentren wurde zur Geisterstadt.

„Es hat keinen Sinn! Einen Laden können wir kaufen - aber für die Ware habe ich dann kein Geld mehr übrig. Ich muss ja was zum Verkauf anbieten", resignierte mein Mann schließlich.

„Was jetzt?", fragte ich.

„Ich weiß es nicht! Aber du wolltest doch immer ein Ferien-
domizil in Çeşme", antwortete er.

Ich war natürlich sofort Feuer und Flamme. Wir fuhren also
direkt nach Çeşme zu einem bekannten Immobilienmakler, der
uns mehrere Häuser an der Küste präsentierte. Doch die wirklich schönen Villen in Ilıca waren noch immer zu teuer, die
Häuser in den Ferienanlagen oft abseits und zu dieser Zeit öde
und verlassen. Und - wollten wir wirklich so wohnen - eng an
eng? Zudem musste dort an den Häusern vieles ausgebessert
werden, und mir graute bei der Vorstellung, hier einmal einen
Tag im Winter zu verbringen. Wir waren schon nahe dran, unseren Plan zu verwerfen, als meinem Mann etwas einfiel. „Warum
schauen wir eigentlich nur immer nach einem Ferienhaus au-
ßerhalb des Ortskerns und nicht nach einer Wohnung direkt in
Çeşme?"

Mit Schwiegermutter im Gepäck düsten wir an einem Vor-
mittag los, als die Kinder in der Schule waren. Wir kannten von
Çeşme eigentlich nur das Zentrum. Genau dort begaben wir uns
nun auch hin. Hier gab es jedoch nichts für uns. Nirgends war
ein Schild mit dem Hinweis *satılık* – zum Verkauf.

„Urkiyes Tochter hat doch hier eine Wohnung, die sie verkaufen will." Urkiye war eine entfernte Verwandte aus dem
Dorf meines Schwiegervaters, die mal in Deutschland gelebt
hatte, aber schon lange zurückgekehrt war. Ihre beiden Kinder
hingegen waren in Deutschland geblieben und nutzten die Wohnung nur selten im Urlaub, den sie mit ihren Familien lieber bei
den Eltern auf dem Dorf verbrachten. Zielstrebig führte uns
Schwiegermutter in eine uns unbekannte Richtung. „Hier muss
es sein – ah ah", sie wies auf einen düsteren Eingang. Das Mehr-
familienhaus hatte einst Blick aufs Meer gehabt, nun hatte man
ein Gebäude direkt davor gesetzt.

„Jetzt weiß ich auch, warum die verkaufen wollen!", sagte
Schwiegermutter entrüstet. Kurzerhand wandte sie sich an eine

vorbeigehende Passantin. „Entschuldigung. Wissen Sie, ob hier irgendwo eine Wohnung zum Verkauf steht?"

Bingo! Die Dame musste eine Einheimische sein, die sehr gut Bescheid wusste.

„Die Straße weiter, dann rechts um die Ecke hinter dem Park gibt es drei Neubauten. Fragt doch dort mal nach."

Wir bedankten uns und folgten der Wegbeschreibung. Den Park hatten wir auch noch nie zuvor gesehen. „Der Ort ist viel größer als ich dachte", sagte ich erstaunt. Hier war alles breiter angelegt als im Zentrum, das nur zehn Gehminuten entfernt war. Es stellte sich heraus, dass ein Ehepaar ihre neu erworbene Wohnung im zweiten Stock wieder verkaufen wollte. Der Bauherr, den wir aufsuchten, riet uns aber ab.

„Viel zu teuer! Für das gleiche Geld könnt ihr in einem anderen meiner Neubauten zwei Wohnungen im Pattere haben."

„Nicht im Pattere", raunte Schwiegermutter uns zu. „Wenn da mal die Toiletten überlaufen …" Mich gruselte es: Das hatten wir doch schon mal. Trotzdem sahen wir uns die Wohnungen an. Zunächst die unbenutzte aus zweiter Hand. Flur, zwei Schlafzimmer, Bad mit Fenster, Stube und Küche ineinander übergehend, schmaler Küchenbalkon zum Wäsche aufhängen. Und dann traten wir erwartungsvoll auf den großen Balkon, der Stube und das größere der Schlafzimmer miteinander verband. Welch ein atemberaubender Blick! Vor uns die alte Festung, freier Blick in drei Richtungen. Der Hafen ist nur fünf Minuten entfernt, wenn auch nicht sichtbar von hier.

„Ist das schön!", rief ich begeistert aus.

Eigentlich stand unser Entschluss nun bereits fest, dennoch folgten wir dem Bauherren noch in die anderen Wohnungen im Haus schräg gegenüber. Diese waren identisch und schmal geschnitten und längst nicht so hell. Man schaute vom Balkon aus gegen andere Häuser. Wortlos sahen wir uns an – die Entscheidung war gefallen! Schon bald bekamen wir die Papiere und konnten die Wohnung auf Hugos Namen anmelden. Dank der Devolution waren wir nun Besitzer eines Feriendomizils in einem begehrten Luftkurort mit Thermalquellen im Meer, und das auch noch in erreichbarer Nähe, rund 90 Kilometer von unserem Haus in Izmir entfernt.

Wellensittiche, Kaninchen, Schildkröten und Co

Als wir in die Türkei übersiedelten gehörten bereits drei Wellensittiche zur Familie: Kiki, Koko und Kora. Begonnen hatte es damit, dass unsere Töchter sich je einen Sittich aussuchen durften. Güldis Wahl fiel auf ein zartes blaues Männchen, das Zeit seines Lebens scheu und zurückhaltend blieb. Micki dagegen entschied sich für ein grünes Weibchen, das es faustdick hinter den Ohren hatte. Kiki brachte Leben in die Bude, nichts war vor ihr sicher. Die Vögel hatten fast den ganzen Tag Freiflug in der Stube oder standen in einem geräumigen Käfig mit Ständer auf der Terrasse. Einmal erwischte ich Kiki, wie sie den Deckel einer kleinen, aus Erde gebrannten, chinesischen Teekanne im Schnabel hielt. Als sie mich sichtete, ließ sie den Deckel fallen und steckte ihren Kopf in die Kanne. Besonders angetan hatte es ihr aber die Kuckucksuhr, die an der Wand hing. Was war das nur für ein seltsames Ding, aus der in regelmäßigen Abständen ein komischer Holzvogel seinen Kopf zum Fenster rausstreckte und „Kuckuck" rief?! Der Sache musste sie natürlich auf den Grund gehen. Eines Tages flog sie auf das Dach und inspizierte die Uhr. Erschrocken hinterließ sie einen Klecks und flog schimpfend davon, als sich direkt unter ihr der Fensterladen öffnete und ein lautes „Kuckuck" erschallte. Dennoch hielt nichts und niemand Kiki davon ab, das weiter zu beobachten – mal vom Dach aus und mal festgekrallt an dem mit Blumen verzierten Balkon. Zeitweise leistete ihr Koko dabei Gesellschaft. Die beiden hinterließen Spuren am Häuschen, konnten jedoch den Kuckuck zu ihrem Leidwesen nie erwischen.

Wir verloren die lustige Kiki leider, als der Käfig wieder einmal auf der Terrasse stand. Ich weiß bis heute nicht, wie sie es geschafft hat, den Deckel des außen angebrachten Futternapfes aufzudrücken und das Weite zu suchen. Zurück blieb ein erstaunt dreinblickender Koko.

Die grüne Kiki wurde, nachdem alle Suchanzeigen sich als erfolglos erwiesen, von einer gelben ersetzt. Diese war von Anfang an zahm und verspielt. Später gesellte sich noch Kora hinzu, ein wunderschönes in verschiedenen Grüntönen gezeichnetes Tier, das leider ein gestörtes Wesen besaß und wie aus heiterem Himmel nach den anderen Sittichen hackte. Sie flog ungestüm und eines Tages gar nicht mehr. Dennoch gab es auch verträgliche Zeiten, wo alle drei gemeinsam mit Murmeln auf dem Boden Fußball spielten.

Nun also waren auch sie umgezogen. Eines Tages verstarb Koko ohne vorher ersichtliche Anzeichen. Unsere Große war untröstlich, und nach einiger Zeit machte ich meinem Mann den Vorschlag, doch noch zwei Kaninchen zu kaufen, um den kleinen Zoo zu vergrößern und Güldi etwas abzulenken. Auf dem Basar hatte ich bei verschiedenen Händlern welche gesehen. Unser Haus bot genug Raum, und für die armen Tiere dort wäre es in jedem Fall eine Verbesserung. Also machten wir uns eines Morgens, als die Kinder in der Schule waren, auf zum Basar in die Stadt. Wir wählten ein schwarz-weißes und ein gold-braunes aus, beides angeblich Männchen, und machten uns frohgemut auf den Heimweg. Die zwei waren kleine zutrauliche flauschige Bällchen und bezogen ihr neues Quartier problemlos.

„Oh Mama, Kaninchen!" Strahlende Kinderaugen leuchteten uns entgegen. Der Abend verging mit den Tieren auf dem Schoß. Ich hatte mich vorher im Internet schlau gemacht, und so hatten die kleinen alles was sie benötigten, einschließlich Wassertränke, Frischfutternapf und Kaninchenfutter aus der Packung. Auf dem Basar hatten sie zu meiner Verwunderung nur Salatblätter im Käfig liegen gehabt.

Die Kinder mussten früh morgens wieder zur Schule, und ich sah erst hinterher nach den Kaninchen. Das Barune bewegte sich nicht. Vorsichtig stupste ich es an. „Oje, es ist tot!", rief ich aus. Mein Mann kam sofort. „Schau mal, es hatte Durchfall. Die sind alle krank, weil sie nicht richtig gehalten werden auf dem Bazar", sagte er kopfschüttelnd. „Nein", widersprach ich. „Schau mal, das andere ist doch ganz lebendig!"

„Was machen wir denn jetzt? Die Kinder werden traurig sein!", überlegte Hugo besorgt. Ich war auch bekümmert. Hoffentlich war es nichts Ansteckendes. Sorgenvoll beobachtete ich das schwarz-weiße Kaninchen, das das braune wiederholt anstupste. Als erstes mussten wir das tote Tier begraben und die Behausung reinigen. Danach würde uns genug Zeit bleiben, uns auf dem Basar umzuschauen, ob wir ein ähnliches Kaninchen finden konnten. Vor allem aber wollte ich mit dem Händler sprechen. Er musste wissen, dass eines seiner Tiere gestorben war.

Auf dem Bazar mussten wir feststellen, dass der Händler, der am Tag zuvor noch mindestens zehn Kaninchen zum Verkauf anbot, kein einziges Tier mehr hatte. Der Käfig war leer. Nein, die seien nicht krank gewesen, er habe sie gestern alle verkauft. Ich glaubte ihm nicht und war einfach nur entsetzt. Die armen Tiere!

Deprimiert fuhren wir nach Hause ohne in den anderen kleinen Tierhandlungen zu schauen. Als die Mädchen aus der Schule kamen bereiteten wir sie vorsichtig darauf vor. „Eines der Kaninchen war sehr krank …" Die Kinder waren traurig und voller Mitleid, jedoch hatten sie sich noch nicht zu sehr an die Tiere gewöhnt. Ich machte den Vorschlag, dass wir gemeinsam in die Stadt fuhren, damit Micki - sie hatte sich für das braune Tier entschieden gehabt – sich umsehen konnte, ob ihr ein anderes Kaninchen zusagte. Dort erstanden wir schließlich Muckl. An jenem Tag gab es nur wenige Kaninchen, die zum Verkauf angeboten wurden. Ich sah nach oben und entdeckte einen höher gestellten Käfig mit einigen winzigen grauen Kaninchen darin.

Dazwischen saß ein graubraunes, das schon größer war. Interessiert fragte ich nach. „Ach, das ist als einziges noch übrig vom vorletzten Wurf", sagte der Händler und hielt das arme Tier an den Ohren hoch in der Luft. „Ein Rammler." Fragend schaute ich Micki an. Die nickte zustimmend. „Wir nehmen ihn", sagte ich.

Muckl und Spiky, so nannten wir den anderen, verstanden sich von Anfang an gut. Wir hatten viel Spaß mit ihnen: sie inspizierten die Spielsachen, krochen durchs Playmobil-1-2-3 - Haus und Muckl sprang schon am Morgen in Mickis Bett. Wenn wir uns auf den Bauch legten, setzten sie sich auf unseren Rücken. Nachts wurden sie allerdings zunehmend lauter. Ich forschte im Internet nach und fand Baupläne für einen kleinen Kaninchenstall. Es wurde Zeit, dass die inzwischen recht groß gewordenen Kaninchen eine artgerechte Behausung im Garten bekamen. Mein Mann zimmerte ihnen ein Heim mit zwei Räumen. Wegen der vielen freilaufenden Katzen war es mit vier Holzbeinen und einem stabilen Fliegengitter ausgestattet, vor das im Winter noch eine Glasscheibe gesetzt wurde. Der kleinere Raum, Rückzugsgebiet mit Katzenklo hatte nur ein unverglastes vergittertes Fenster. Den Garten umgab ein Zaun, sodass die Kaninchen nicht weghoppeln konnten, wenn sie Freilauf hatten. Wegen der Straßenkatzen musste dann natürlich immer einer von uns anwesend sein. Wie sich herausstellte, war es höchste Zeit umzudisponieren, denn Muckl begann alles Mögliche in Mickis Bett zu schleppen. Kaum waren die Tiere umgezogen, warf Muckl sieben Junge im Katzenklo. Der angebliche Rammler hatte sich als Kaninchendame entpuppt. Noch bevor wir Spiky kastrieren lassen konnten, warf Muckl ein zweites Mal. Wir teilten den kleinen Raum durch eine Tür ab, damit die junge Mutter sich ungestört um den zweiten Wurf von diesmal acht Jungen kümmern konnte, während der Kaninchenvater mit dem ersten Wurf den anderen Raum bewohnte. Bis auf drei bekamen wir alle Tiere durch. Eines war missgebildet geboren, die Milch lief ihm aus der Nase wieder heraus, als wir es auf-päppeln wollten, ein anderes war gleich nach der Geburt hinter das Klo gefallen und eines hatte sich am Stroh verletzt, der städtische Tierarzt versuchte noch, es zu retten. Als die Jungen groß genug waren, gaben wir sie an eine gut ausgestattete Tierhandlung ab. Auf keinen Fall wollte ich sie auf dem Basar unterbringen. Spiky war inzwischen kastriert, und Muckl konnte sich erholen.

Was das Futter anbelangte hatten wir schnell raus, was sie mochten und was nicht. So kauften wir letztendlich Lammauf-zugsfutter in 25-Kilo-Säcken, und die Tiere gediehen prächtig. Natürlich bekamen sie auch Frischfutter und fraßen im Garten so manches kahl. Muckl holzte besonders gerne Baumrinde ab, sodass wir bald einen Schutz um die Stämme legten.

Ich erinnere mich noch an einen Sommer, wo wir mit unse-ren Kindern, zwei Wellensittichen und fünf Kaninchen in die Ferienwohnung fuhren. Hier verstarb leider Twipsy in meinen Armen, der kleinste aus dem ersten Wurf, den ich behalten hatte. Er war ein einmaliges und besonders anhängliches Tier, das mir in die Arme sprang, sobald ich die Käfigtür öffnete. Nach einer missglückten Kastration – der dortige Tierarzt hatte uns verschwiegen, dass er so etwas noch nie gemacht hatte – bekam der Arme eine Infektion, die seinem kurzen Leben ein Ende machte. Ich kam nur sehr schwer darüber hinweg und machte mir ständig Selbstvorwürfe, dass ich ihn nicht bei unse-rem Veterinär in Izmir kastrieren ließ.

Bis vor wenigen Jahren verlebten Muckl und Spiky noch je-den Sommer mit mir in Çeşme, wo sie auf dem Balkon den größten Käfig hatten, den ich damals bekommen konnte. Spiky verstarb im Alter von acht Jahren nachdem ihm operativ ein Tumor entfernt wurde, der leider mit dem Muskelgewebe verwachsen war. Unsere Kaninchendame Muckl erreichte das stolze Alter von fast zwölf Jahren. Schweren Herzens ließ ich sie einschläfern, nachdem sie auf beiden Augen erblindet war und sich nicht mehr aufrecht halten konnte. Das war eine schwere Entscheidung, aber ich wollte nicht, dass sie sich noch länger quält.

Zwischendurch hatten wir auch noch Schildkröten im Garten: Amigo, Miranda und Milagros. Amigo war schon zu alt, um sich bei uns einzugewöhnen und versuchte über die Mauer zu türmen, was natürlich dazu führte, dass er dann auf dem Rücken lag und mit den Beinchen strampelte. Nach wenigen Tagen setzte ich ihn dorthin zurück, wo ich ihn gefunden hatte. Miranda und Milagros wurden von einem Nachbarsmädchen zu uns gebracht, als sie noch sehr klein waren. Sie fühlten sich sichtlich wohl und kamen mit aufgerissenen Mäulchen angestürmt, sobald wir Salat oder Tomatenstücke für sie bereithielten. Im Winter buddelten sie sich im Boden ein. Als der Garten einmal von heftigen Regenfluten überschwemmt wurde, stellten wir staunend fest, dass sie sehr gute Schwimmer waren. Doch auch sie erhielten schließlich ihre Freiheit zurück, da Milagros regelrecht Jagd auf unsere Kaninchen machte und vor allem Spiky in den Hintern biss, sobald der arme Kerl sich irgendwo niederließ.

Zu Zeiten, als wir noch die Kaninchen hatten warf eine mehrfarbige Katze, die ich Melange nannte, ihre Jungen bei uns auf dem Barbecue-Grill und setzte diesen dadurch für einige Zeit außer Gefecht. Muckl interessierte sich damals sehr für die Katzenbabys, und Melange ließ sie gewähren. Wenn ich kurz den Garten verlassen musste, sagte ich der Katze: „Ich tue deinen Kindern nichts, und du lässt dafür Muckl in Ruhe!" Melange warf noch zweimal Junge in unserem Garten - einmal im inzwischen verlassenen Kaninchenstall - und verschwand dann auf Nimmerwiedersehen. Sie war eine nicht erfasste Katze ohne

Einschnitt im Ohr. Ein Einschnitt bedeutet, wie die Marke im Ohr bei Hunden, dass der städtische Tierarzt die Tiere untersucht, geimpft und kastriert hat.

Es gab da noch eine relativ kleine Mischlingshündin mit kurzgeschorenem weißem Fell, die plötzlich in unserer Straße auftauchte. Sie war mit Sicherheit kein Straßen-Tier, und mein Verdacht wurde schon bald bestätigt. Ein Nachbarsjunge erzählte mir, dass jemand aus der Siedlung fortgezogen sei und mehrere Hunde einfach zurückgelassen hatte. Doch keiner wusste, wohin die anderen gelaufen waren. Ich befreite Penny, wie wir sie nannten, sofort von ihrem roten Wollpullover, den ihr jemand trotz der Hochsommerhitze angezogen hatte. Sie wurde bald so zutraulich, dass sie nachmittags erschien, um Micki vom Schulservice abzuholen. Zum Glück konnte sie bald an eine liebevolle Familie vermittelt werden. Auf einem Foto durfte ich sie nach einiger Zeit bewundern, sie hatte langes gepflegtes Fell und sah glücklich aus.

Heute füttere ich gemeinsam mit den Bewohnern der Nachbarhäuser zwei Katzen in unseren Innengärten: Patron und Korsan. Patron gehört eigentlich unseren Nachbarn zur Rechten, sie hat seidiges graues Fell und ist kastriert. Korsan ist in den Gärten geboren, ein robuster kleiner getigerter Kater, der sehr anhänglich ist und mir auf Schritt und Tritt folgt. Er war eines Tages einfach da, sprang auf meinen Schoß und blieb. Sein Lieblingsplatz ist vor dem Geschirrspüler, und wenn ich morgens das Schlafstubenfenster öffne, kommt er manchmal von seinen Streifzügen über das Vordach geklettert und springt mir direkt in die Arme. Wie sagt man doch? Nicht der Mensch sucht sich seine Katze aus, umgekehrt wird ein Schuh draus!

Auf nach Istanbul

Jetzt, wo die zwei Jahre um waren und mein Mann endlich wieder arbeiten durfte, war es gar nicht so einfach, etwas zu finden. Mit 45 waren die meisten hier bereits Rentner, und er musste nun nochmal ganz von vorne anfangen.

Diesmal halfen uns auch Beziehungen nicht weiter, die Krise erschwerte vieles.

Schließlich gab uns dann eine Bekannte den Tipp: „Versucht es doch einmal bei der *Türkischen Allgemeine*! Das ist eine türkische Zeitschrift in deutscher Sprache, und sie haben hier annonciert, dass sie jemanden für Übersetzungen suchen." Freudig wedelte sie mit einem auf Hochglanz gedruckten großformatigen Exemplar vor unserer Nase herum. Mit gemischten Gefühlen betrachtete ich Zeitschrift und Impressum. „Dann müssten wir aber nach Istanbul. Gerade haben wir uns hier erst eingerichtet, und die Kinder will ich nicht schon wieder aus ihrem Freundeskreis reißen." Güldi versammelte stets viele Freunde um sich – in Deutschland hatte ich an den Kindergeburtstagen nahezu die halbe Klasse zu bewirten. In der Türkei wurde meist in einem Café oder direkt in der Schule gefeiert, wobei jeder sein eigenes Stück Kuchen zahlte aber trotzdem Geschenke brachte. Andere Länder, andere Sitten! Praktisch für mich. Es gab aber schon Veranstaltungen, zu denen ich für die ganze Klasse haufenweise den beliebten gefüllten Bienenstich backen und Hähnchenstücke in Teig braten musste.

„Wir können ja mal anrufen", überlegte mein Mann. Unser Gesprächspartner am anderen Ende der Leitung war ein gewisser Mehmet, der Redakteur, der dort alles managte, da der Besitzer der Zeitschrift kein Deutsch konnte. Wir sollten unbedingt nach Istanbul kommen, alles Weitere werde dann dort besprochen.

Nach Istanbul bedeutete für uns acht Stunden Busfahrt in den Norden. Wir waren nun aber doch neugierig – schließlich war mein Mann ja eigentlich Journalist, auch wenn er in dieser Branche noch nie gearbeitet hatte. Ich selber liebte es zu schreiben, allerdings eher Kurzgeschichten. Wer weiß, vielleicht ergaben sich ja noch andere Möglichkeiten als nur das Übersetzen von Texten.

Wir machten mit dem Herrn von der Zeitschrift einen Termin aus, nachdem Hugo Rücksprache mit einem alten Studienfreund, der in Istanbul eine Firma hat, gehalten hatte. „Ihr seid natürlich unsere Gäste", bot der vielbeschäftigte Mann spontan an.

Es war inzwischen Hochsommer geworden, die beste Reisezeit für Hugo und mich.

Der gut ausgestattete Überlandbus brachte uns unserem Ziel entgegen. Es war eine Nachtfahrt, und müde registrierte ich, dass der Bus kurz vor dem Ziel auf eine Fähre verladen wurde. Im Gegensatz zu Hugo bekam ich im Bus kein Auge zu, dafür aber im Auto auf Urlaubsfahrten, wenn ich den Plan lesen sollte. Mehr als einmal hatten wir uns dadurch schon verfahren.

In der Morgendämmerung erreichten wir den asiatischen Teil von Istanbul. Gespannt sah ich aus dem Fenster und wurde auch schon enttäuscht. Überall Industrieanlagen! Ich hatte die Stadt von früher und von Bildern ganz anders in Erinnerung.

„Das soll also das schöne Istanbul sein? Ist doch potthässlich", maulte ich enttäuscht. Vor uns saß eine Frau, das Gesicht mir halb zugewandt lächelte sie und raunte dann ihrem Sitznachbarn zu. „Mal sehen, was sie gleich sagen wird, wenn wir ..." Offensichtlich meinte sie mich und verstand somit Deutsch.

Als wir über die Bosporus-Brücke fuhren revidierte ich meinen Eindruck. Es war einfach atemberaubend! Das vom blauen Wasser geteilte bergige grüne Land, die Paläste und viktorianisch anmutenden Villen am Meer, diese gigantische Stadt mit ihren Moscheen und Minaretten, die von der Sonne angestrahlt wurde. Ein letztes Märchen aus Tausendundeiner Nacht ...

Betrachte immer das Gesamtbild und verfange dich nicht in Einzelheiten, dachte ich.

Nach der Ankunft mussten wir mit öffentlichen Verkehrsmitteln weiter. Zuerst ging es direkt zur Redaktion der Türkischen Allgemeine. Wir hatten einen Termin. Abends würde uns der Freund meines Mannes abholen. Seine Frau führte ebenfalls eine eigene Firma, und die beiden halbwüchsigen Töchter waren mit der Großmutter in den Urlaub gefahren, da ja gerade Schulferien waren. So konnten wir deren Zimmer nutzen.

Mehmet empfing uns gemeinsam mit dem Inhaber der Firma, der nur wenig sagte und uns dann dem Redakteur überließ. Ich besah mir den Mann, der wie ein Wasserfall redete, genauer: Schon etwas älter, intellektueller Typ, fast als Künstler einzuschätzen, Brille – irgendwas störte mich. Ich traute ihm nicht. Ein Schlitzohr, dachte ich. Außer uns gab es nur noch eine Sekretärin, die auch gleich mit Kaffee aufwartete.

Mehmet erklärte uns, was wir zu tun hatten. Er sprach recht gut Deutsch – so wurde das Gespräch zweisprachig geführt. Wir sollten hauptsächlich politische und wirtschaftsbezogene Texte vom Türkischen ins Deutsche übersetzen. Wir begannen auf Probe zu arbeiten. Was der eine von uns nicht übersetzen oder formulieren konnte, gelang dem anderen. Es klappte also. Wir machten Pause, unser *Döner* kam auf Bestellung. Dann weiter übersetzen. Der Redakteur war sichtlich zufrieden.

„Kommt morgen wieder", sage er. Ich zupfte meinen Mann am Ärmel.

„Da gibt es noch einiges zu besprechen ...", sagte der dann zaghaft.

Wir setzten uns wieder. „Wir machen das doch hier nicht umsonst? Ich meine..." „Wir zahlen, sagen wir mal - Tausend Lira monatlich." Herr M. blickte mich an. „An Frau Christine vielleicht." Ich war verwirrt. Offiziell durfte ich gar nicht arbeiten – ich hatte nur eine Aufenthaltsgenehmigung aber keine Arbeitserlaubnis. Ich erklärte ihm das. Also musste das gemeinsam verdiente Geld dann wohl doch an Herrn Hugo gehen.

„Wir wohnen aber in Izmir, wie soll das überhaupt gehen?", hakte mein Mann nach. Ihm war bereits ein guter Job als Kontrolleur in Teos Firma angeboten worden, doch wir wollten nicht nach Istanbul ziehen.

„Ihr habt doch einen Computer. Für uns ist es egal, von wo aus ihr arbeitet. Meinetwegen auch von China aus! Wichtig ist nur, dass die Übersetzungen pünktlich vor dem Drucktermin hier vorliegen." Der Redakteur lachte meckernd. Das klang nicht schlecht.

„Da ist noch etwas", warf ich mutig ein. „Übersetzen ist ja okay, aber ich würde gerne aktiv mitwirken, selber Artikel verfassen. Gibt es da keine Möglichkeit?"

Der Redakteur überlegte kurz. „Du kannst die Kolumnen übernehmen."

Wow, cool – diese würden zwar unter dem Namen meines Mannes erscheinen, da er ja der offizielle Mitarbeiter war – aber egal. Hauptsache schreiben!

Mit dem Versprechen, am nächsten Tag wieder zu erscheinen, verabschiedeten wir uns. Wir gingen bis zum mit Teo vereinbarten Treffpunkt und wurden dort in sein Auto verladen. Der Weg war weit - es ging durch die riesige Stadt und ein Waldstück. Danach wieder ein Stadtviertel. Dies war tatsächlich immer noch Istanbul! Unsere Gastgeber wohnten in einer riesigen Wohnung auf der anderen Seite der Stadt, nahe der Schwarzmeerküste. Da beide selbstständig sind, haben sie viel Geld aber (noch immer) wenig Zeit. Vom Balkon schaute man in schwindelnde Höhen hinunter, während der Wohnungseingang auf der anderen Seite im ersten Stock lag. Abends wurde es hier auch im Sommer so kühl, dass wir Bettdecken brauchten.

In Izmir benötigen wir im Sommer höchstens ein *pike* - eine Art Laken.

Am nächsten Tag wurde es dann aber - zumindest für Izmiraner - ungewohnt schwül. In der Redaktion litten alle unter der Hitze. Wir übersetzten wie am Vortag Texte aus der Feder von Mehmet, die zum Teil unglaublich überdreht waren.

„So kann man das aber nicht schreiben", sagte ich leise. „In einem Absatz viermal das Wort *charismatisch*. So ein Schmalz. Wer will das lesen?" Wir strichen drei *charismatisch*, und ich fand den Text trotzdem grottenschlecht.

„Wir haben noch immer keinen Arbeitsvertrag", erinnerte ich meinen Mann, nachdem wir abends das Gebäude verlassen hatten. Schon war mir kühl ohne Jacke. Hier war das Wetter wirklich unberechenbar!

„Wir sind in der Türkei! Da kann ich das nicht fragen. Ist hier nicht üblich. Das ist schon okay!", kam als Antwort. Für mich war es alles andere als okay. Meine Zweifel wuchsen. Noch einen Tag sollten wir arbeiten, am Sonntag wollten uns unsere Freunde dann ein wenig in der Stadt herumführen. Darauf freute ich mich. Spätestens Montag mussten wir zurück, die Kinder waren bis dahin in der Obhut meiner Schwägerin, die auch für sie kochte.

Am Samstagnachmittag lehnte sich der Redakteur in seinen Sessel zurück und seufzte: „Jetzt habe ich keine Lust mehr!" Er warf eine Runde Bier, ich bekam Cola, da ich den Geschmack von Bier verabscheue. Auch die Sekretärin hatte ihre Arbeit niedergelegt, und so verbrachten wir den Rest der Zeit mit entspannenden Gesprächen im brütend heißen Büro, bis wir endlich abgeholt wurden.

„Er ist Alkoholiker - das habe ich sofort erkannt", bemerkte mein Mann draußen.

Endlich war es Sonntag, und nach einem ausgiebigen Frühstück fragte Vedia, was ich denn am liebsten von der Stadt sehen würde. Ich überlegte nicht lange: „Alles was mit Kultur und Kunst zu tun hat, eine Moschee vielleicht, aber auch Miniatürk und etwas Typisches für Istanbul."

„Aha, dann weiß ich schon", lächelte unsere Gastgeberin. „Schade, *Dolmabahçe saray* und *Topkapı* sind in der kurzen Zeit wohl kaum zu schaffen."

Wir begannen mit der *Istiklal Caddesi*, der populärsten Einkaufsstraße in Istanbul. Ich staunte, was es hier alles gab. Danach wurden wir von unseren Gastgebern zum Essen in die *Çiçek Pasajı* eingeladen.

„Bevorzugst du Fleisch oder Fisch?", wurde ich gefragt Entsetzt wehrte ich ab: „Bloß keinen Fisch!" Schon zu Hause hatte ich, die von Deutschland Fischstäbchen und Seelachsfilet gewohnt war, meinen Kampf mit den Gräten der hier frisch zubereiteten Fische. Nicht auszudenken, wenn ich diesen in der Öffentlichkeit vor aller Augen fortführen müsste. Wir aßen stattdessen lecker gegrilltes Fleisch an einem gemütlichen Tisch draußen in der schönen Passage.

Danach fuhren wir in ein anderes Viertel und besichtigten die *Süleymaniye Camii* und die *Aya Sofya*- Hagia Sophia. Dann führte unser Weg durch eine wunderschöne kleine Straße mit restaurierten Häusern im osmanischen Stil, deren Balkons mit bunten Blumenkästen geschmückt waren. Nun mussten wir schon eilen, dass wir noch *Miniatürk*- den Park mit Miniaturen türkischer Sehenswürdigkeiten - schafften, bevor geschlossen wurde. Da kam auch schon ein Anruf auf Hugos Handy.

Mehmet wollte noch etwas besprechen. Nicht einmal der Sonntag war dem Mann heilig! Mit Anweisungen des Verlags ausgerüstet machten wir uns in der Nacht auf die Heimreise. Zu Hause erwarteten uns bereits E- Mails mit neuen Texten zum Übersetzen. Es war dringend! Musste doch alles noch mit in die neue Ausgabe! Also machten wir uns unausgeschlafen ans Werk. Wir arbeiteten die folgenden Tage und Nächte bis in die Morgenstunden. Zwischendurch kamen die Kinder: „Mama, es ist schon 23 Uhr! Wann gibt es denn Abendessen?" Erschrocken stellten wir fest, dass die *Türkische Allgemeine* uns fest im Griff hatte und von nun an unseren Tagesablauf bestimmte. Einige Texte waren kompliziert zu übersetzen, einige total ungeeignet für die größtenteils deutschen Leser. Zwischendurch schrieb ich mit Wonne Kolumnen. Ein Anruf vom Redakteur: Die Zeitschrift brauche dringend Geld! Wir sollten versuchen, kostenpflichtige Werbeanzeigen von Firmen einzutreiben, wir bekämen natürlich Provision. Noch mehr Arbeit! Aber wir ergatterten tatsächlich zwei Aufträge: einen von der Firma Bosch und einen von einer Thermalanlage in Davutlar, dessen Besitzer vorher in Deutschland gearbeitet hatte und sich sehr für die Zeitschrift interessierte. Die neue Ausgabe war da und wurde uns zugeschickt, gleich mehrere Exemplare zu Werbezwecken. Nicht ohne Stolz betrachteten wir das Werk, an dem wir beteiligt waren. Auch meine Kolumne war dabei. Neue Texte trudelten ein, die wir übersetzen sollten. Der zweite Monat verging, doch noch immer hatten wir nicht einen *kuruş* – Pfennig gesehen.

„Ich übersetze nicht mehr, die bezahlen nicht!", erklärte ich meinem Mann verärgert.

„Doch, die zahlen schon noch", beruhigte er mich. Wieder übersetzten wir bis in die Nacht hinein. Am Ende des Monats rief mein Mann in der Redaktion an und wurde vertröstet. Das Geld würde kommen, Mehmet vergewisserte sich nochmals wegen unserer Bankverbindung. Nächste Woche sei das Geld auch ganz bestimmt auf dem Konto. Hugo gab sich alle Mühe, mich zu überreden, weiterzumachen. „Die bescheißen uns doch! Da kommt kein Geld - ich habe es satt, mir für nichts die Nächte um die Ohren zu schlagen!", fauchte ich. Halbherzig machte ich dann doch wieder mit, denn er war entschlossen weiterzumachen. „Nur noch dieses eine Mal", beruhigte er mich.

Nach einer Woche war noch immer kein Geld auf dem Konto.

„Rufst du an oder soll ich?", fragte ich Hugo. Er tätigte den Anruf, aber ich hörte das Gespräch mit. Wieder nichts als Ausflüchte! Vier Monate arbeiteten wir jetzt schon ohne Bezahlung und ohne Vertrag. Aber den brauchte man ja hier nicht! Mein Mann war die Ruhe selbst. Das durfte doch nicht wahr sein! Langsam wurde ich wütend auf alles und jeden.

„Ich glaube Ihnen kein Wort! Sie haben gar nicht vor, uns zu bezahlen! Sie Betrüger!", donnerte ich dazwischen. Auf der anderen Seite wurde eine traurige Stimme laut. Wie ich denn sowas behaupten könne. Dann wurde eingehängt.

Ich konnte Hugo überzeugen: Wir übersetzten nicht weiter und erfuhren wenige Wochen später, dass die *Türkische Allgemeine* ihren Verlag eingestellt hatte und eigentlich schon lange pleite war. Dies waren die letzten Versuche gewesen, die Karre aus dem Dreck zu ziehen. Ohne Vertrag hatten wir nichts gegen den Verlag in der Hand. Wir waren nicht nur gutgläubig sondern regelrecht blauäugig gewesen. „Nie wieder ohne rechtskräftigen Vertrag", sagte ich zu meinem Mann. Wir waren froh, dass wir wieder zum normalen Tagesablauf übergehen konnten und mehr Zeit für unsere Töchter hatten.

Doch durch unsere Tätigkeit bei der Zeitschrift sollte sich schon bald eine neue Arbeitsmöglichkeit ergeben.

Das Leben ist wie eine Leiter, die aus vielen einzelnen Stufen besteht. Und so betrachte ich heute die Arbeit bei der *Türkischen Allgemeine* ohne Groll nur als eine weitere Sprosse auf unserer Trittleiter.

Auf dem Weg zum eigenen Geschäft

Wie sollte es nun weiter gehen? Nach wie vor war es nicht einfach, etwas Passendes zu finden. Unter unseren Kunden, die eine Werbeanzeige in der Zeitschrift geschaltet hatten, befand sich auch ein Thermalhotel in Davutlar. Wir hatten dort diesbezüglich noch einiges abzuwickeln und informierten den Besitzer der Anlage gleichzeitig über das Ende der *Türkischen Allgemeine*.

„Habt ihr vielleicht Lust, mit mir zu arbeiten?", fragte dieser. „Mit Vertrag?", lautete meine Gegenfrage. „Selbstverständlich", bekam ich zur Antwort. Wir sollten Tagestouren für Interessierte organisieren, um damit Werbung für das Hotel zu machen. Natürlich mussten wir erst einmal Leute finden, die bereit waren, für dieses „Hineinschnuppern" zu zahlen. Na ja, wir wollten es zumindest probieren. Wir würden zu zweit arbeiten und etwa die Hälfte dessen bekommen, was man uns bei der Zeitschrift damals zugesagt hatte. Das war nicht viel, aber es sah auch nicht nach allzu viel Arbeit aus. Mein Mann hatte die Idee, Nachbarn aus unserer Siedlung sowie Bekannte für das Projekt zu gewinnen. Diese waren sofort dabei. Ein *komşu* – Nachbar hat einen hohen Wert und ein *arkadaş* – Freund erst recht! Da hilft man gerne! Ein Bus musste organisiert werden. Auch das war leichter als gedacht. Wir bekamen ihn tatsächlich voll und waren bei der Führung zugegen. Das Programm beinhaltete ein Mittagessen, das hauptsächlich aus pflanzlicher Nahrung bestand und durchaus nicht jedermanns Geschmacksnerv befriedigte. Das siliziumhaltige Heilwasser roch stark nach faulen Eiern, und nur wenige trauten sich, einen Schluck davon zu kosten. Danach war Baden in einem der Thermalbecken angesagt. Das warme Wasser tat wirklich gut, während das Essen später in höflicher Zurückhaltung bemängelt wurde.

Mein Mann begann zwischen Izmir und dem gut 120 Kilometer weiter südlich liegenden Davutlar zu pendeln. Für mich war so etwas nur an den Wochenenden möglich, da ich die Kinder und den Haushalt zu versorgen hatte. Einmal war ich jedoch mit meinem Mann fast eine Woche dort. Ein bekannter Professor aus Deutschland war mit mehreren Mitarbeitern und einer kleinen deutschen Reisegruppe erschienen, um dort über Schlaftherapie und ein Mineral namens Siliciumdioxid bzw. Kieselsäure zu sprechen, das den Alterungsprozess stoppen sowie Gesundheit und Schönheit erhalten sollte.

Der Tag begann frühmorgens mit einem Waldspaziergang, dem das Frühstück folgte. Es war November und doch noch um einiges wärmer als in Izmir zu dieser Zeit.

Meine Aufgabe bestand darin, der Gruppe aus Deutschland zu übersetzen, was der Besitzer der Thermalanlage dem Publikum erklärte. Besonders interessant fand ich die Colon-Therapie zu Zwecken der Darmreinigung. Ich lernte selbst eine Menge hinzu, und die Übersetzungen gingen mir leicht von der Hand. Nachts durften wir die Quisies ausprobieren, kleine Geräte, die die Schlaf- und Traumphasen aufzeichneten. Am nächsten Morgen wurden sie dann vom Professor ausgewertet.

Nun muss ich dazu sagen, dass mein Rhythmus alles andere als der Norm entsprechend ist. Morgens schaute der Professor kopfschüttelnd auf meine Auswertungen, die ihn wohl vor ein Rätsel stellten. Ich musste lachen und versuchte, Licht in das Ganze zu bringen.

„Also, zu Hause bin ich es nicht gewohnt, schon gegen 23 Uhr ins Bett zu gehen. Ich kann dann nicht schlafen – das Problem hatte ich schon als Schulkind. Also habe ich im Bett noch zwei Stunden Walkman gehört", sagte ich und wies auf die seltsamen Linien, die weder einen Schlaf - noch einen Wachmodus anzeigten. Der Professor lachte jetzt auch. Es stellte sich heraus, dass sich meine Schlaf- und Traumphasen nicht abwechselten wie gewöhnlich. Ich hatte nur eine Tiefschlafphase – und zwar morgens nach 7 Uhr. Das erklärte auch, warum ich wie zerschlagen war, wenn ich früh aufstand und weshalb ich mich so gut wie nie an meine Träume erinnern konnte. Hugo dagegen hatte gut und der Norm entsprechend geschlummert. Bei einem Mann aus der Reisegruppe wurde festgestellt, dass er Alkohol konsumiert und regelrecht im Drusen gelegen hatte. Sogar schweres und blähendes Essen konnte ein Experte anhand der Aufzeichnungen nachweisen.

Solange die Reisegruppe sich im Hotel befand, waren wir nun öfter zugegen. Gemeinsam übersetzten wir Texte für die Gäste des Hotels. Der Professor wurde von einem Mann begleitet, der mit Quisies handelte. Dieser lieh meinem Mann ein solches Gerät und sagte: „Wenn du magst, kannst du den Verkauf in der Türkei übernehmen."

Wieder eine neue Idee, die Hugo prompt aufgriff. Doch das war gar nicht so einfach wie unser Freund behauptet hatte. Kein Arzt, weder im Krankenhaus noch in den Privatpraxen war daran interessiert, den Patienten ein wertvolles Gerät mit nach Hause zu geben, und Schlaflabore waren hier damals noch unbekanntes Gebiet. Wer sollte die Ergebnisse auswerten? Schließlich fand sich dann doch noch ein barmherziger Spezialist, der eigentlich Nierensteine zertrümmerte, aber auch schon verschiedene Exportgeschäfte betrieben hatte. Besagte Firma existierte noch, war allerdings nicht mehr aktiv.

„Deine Idee ist einen Versuch wert. Aber auf eigene Verantwortung! Du kannst hier alles nutzen, aber einen Lohn kann ich dir nicht zahlen. Wir machen Halbe Halbe."

Zu der Zeit waren wir auch gerade dabei, unsere Tätigkeit beim Thermalhotel zu beenden, da sie für beide Seiten nicht lukrativ war. Nun standen wir wieder ohne Lohn da - von einer Versicherung ganz zu schweigen.

Die Sache mit dem Quisi lief nicht, so sehr mein Mann sich auch bemühte – es gab einfach keine Abnehmer.

Dem Arzt tat das leid und so fragte er, ob mein Mann bereit sei, auch etwas anderes im medikalen Sektor zu machen. Dann könne die Firma zu neuem Leben erwachen, und Hugo würde Vertrag, Versicherung und Lohn bekommen. Natürlich müsse er alles selber organisieren, planen und auch Kunden finden. Hugo war Feuer und Flamme und baute innerhalb kurzer Zeit einen Kundenstamm auf, zu dem private sowie staatliche Kliniken, Apotheken und Privatpraxen zählten. Das Quisi lief weiterhin nicht und ging schließlich an seinen Besitzer zurück. Dafür gab es aber einen großen Markt für Gefäß- und Wundpflegeprodukte, orthopädisches Material, Stütz-, Schulter,- und Gelenk-Bandagen sowie Verbände. Das Sortiment wuchs, und die vormals lahmgelegte Firma erlebte einen Höhenflug.

Allerdings war ich nun endgültig aus dem Rennen und begnügte mich mit Sprachtraining an einer Uni sowie privaten Nachhilfestunden für Schüler, die auf dem Gymnasium das Fach Deutsch belegt hatten. Manchmal kamen diese zu mir nach Hause, doch meistens musste ich dort hin, da sie oft knapp mit der Zeit waren. Einige nahmen Nachhilfe in verschiedenen Fächern, was für sie enormen Stress bedeutete, doch den Eltern war und ist es wichtig, dass ihre Kinder etwas erreichen. Dafür nehmen sie oft große Kosten auf sich, oftmals auch Bankkredite, um später das Studium ihrer Sprösslinge zu finanzieren. Auch wir zahlen noch immer den Kredit für unsere Jüngste an den Staat zurück – hier nicht etwa zinslos wie das deutsche Bafög.

In den Familien der Nachhilfeschüler wurde ich stets freundschaftlich aufgenommen, mir wurde fast immer Essen serviert, und eine Mutter brachte mir sogar einige typische Teiggerichte bei. „Komm heute schon eine Stunde früher", hieß es dann. So entstanden wieder einmal freundschaftliche Bande, hier geht so etwas schnell.

Ich erinnere mich an einen Abend, wo plötzlich der Strom ausfiel und wir bei einer Schülerin, die im dritten Stock wohnte, unseren Unterricht bei Kerzenschein beendeten. Es war selbstverständlich, dass ich von ihr mit einer Taschenlampe durch das dunkle Treppenhaus sicher nach unten geleitet wurde.

Einer der Freunde meines Mannes war praktischer Arzt und setzte alles daran, ihn zu überreden, gemeinsam eine eigene Medikal-Firma zu eröffnen. Er würde das Finanzielle regeln, und Hugo sollte das Praktische übernehmen. Nach langem Zaudern ließ mein Mann sich darauf ein. Ein kleiner Laden wurde gemietet und die nötige Lizenz erworben. Später sollte sich herausstellen, dass dieser Partner wenig investieren wollte und gleich zu Anfang mit hohen Umsätzen rechnete. Doch so etwas braucht seine Zeit. Langsam und stetig wuchsen Budget und Kundenstamm. Ihm aber ging alles zu langsam, er schied aus der Firma aus, nachdem Hugo seinen Bruder zur Unterstützung - vor allem im Büro - eingestellt hatte, da die Arbeit alleine nicht mehr zu bewältigen war. Ich wurde vorübergehend die neue Geschäftspartnerin meines Mannes. Heute kann ich sagen, dass sich Mühe und Geduld ausgezahlt haben. Hugo beliefert Krankenhäuser und Praxen, nicht nur in Izmir sondern im ganzen ägäischen Raum zwischen Bergama, Afyon und Fethiye. Mit seinem Geschäft hat er eine solide Grundlage für uns und unsere Familie geschaffen.

Zu Besuch in der alten Heimat

Im Dezember 2005 flog ich zum ersten Mal wieder nach Deutschland, um meine Mutter, Verwandte und Freunde zu besuchen.

Bei der Passkontrolle lächelte der Beamte und fragte: „Verwandtenbesuch in der Heimat?" Ich bejahte, und er wünschte mir eine gute Reise.

Mit gemischten Gefühlen saß ich dann im Flieger. Wie würde es wohl dort sein nach all den Jahren?

Wo Türken sind, ist Unterhaltung angesagt, und so wurde ich schon nach kurzer Zeit in Gespräche meiner Sitznachbarn verwickelt. Es war ein Nachtflug, doch ich konnte weder in Bussen noch in Flugzeugen schlafen, so war ich froh über die Ablenkung. Bei der Kontrolle in Hannover nahm ein unfreundlicher Beamter meinen Pass entgegen, ohne aufzusehen. „Da hätte ich ja direkt wen anders an meiner Stelle schicken können", dachte ich verblüfft, als ich die Papiere wieder entgegennahm. Schon in der Flugzeughalle in Hannover fielen mir all die blassen Gesichter auf. Ich musste mich erst wieder daran gewöhnen, dass hier die Frauen weniger stark geschminkt waren. Zudem befanden wir uns im Dezember, in Izmir waren die Menschen noch sonnengebräunt vom warmen Herbst. In milden Wintern konnte ich manchmal bis Weihnachten mittags auf der Südterrasse sitzen. Ungemütlich wurde es in der Regel erst ab Januar.

In Hannover wartete schon ein Taxi, das meine Mutter bestellt hatte. Überrascht stellte ich fest, dass der Fahrer Türke war. Wir fuhren durch verlassene Straßen. Schon bald kannte ich seine Lebensgeschichte: Auch er hatte zwei Töchter, die jedoch noch klein waren. Er freute sich, dass ich in der „ach so schönen Stadt Izmir" wohnte. Nein, er käme nicht aus Izmir, aber von der Schwarzmeerküste, die auch sehr sehenswert sei. Als wir unser Ziel erreicht hatten, schaute ich auf das Taxameter und zückte mein Portemonnaie. „Weißt du was, *abla* – ältere Schwester, gib mir zwanzig Euro, das ist genug!" Damit hatte er mir drei Euro geschenkt. Lächelnd drückte ich ihm fünfundzwanzig Euro in die Hand. „Kauf mit dem Wechselgeld Schokolade für deine Kinder", sagte ich und stieg aus dem Auto. Er brachte mir noch die Koffer bis zur Tür, wo meine Mutter schon wartete. Im Stockwerk über ihrer Wohnung hatte sich eine Gardine bewegt. Aha: Neugierige Nachbarn! Es war also alles beim Alten! Willkommen zurück!

Ich akklimatisierte mich aber nur langsam.

Was ist der Himmel grau, ebenso wie die Häuser und Straßen, dachte ich so manches Mal in einem leichten Anflug von Melancholie. *Irgendwie bedrückend ...* Nach einer halben Stunde Fußmarsch konnte man von der Wohnung meiner Mutter aus das Stadtzentrum erreichen, ohne auf die überteuerten öffentlichen Verkehrsmittel zurückgreifen zu müssen. Manchmal gingen wir gemeinsam, aber oft zockelte ich auch alleine los, wie an jenem Samstag. In der Türkei sind die Einkaufszentren - unabhängig vom Wochentag - bis spät abends um 22 oder 23 Uhr geöffnet. Gutgelaunt steuerte ich den Kaufhof an und entledigte mich bereits in der warmen Einkaufshalle der lästigen Mütze, des Schals und der Handschuhe. Jacke auf und das Vergnügen konnte beginnen! Doch das sollte nicht lange dauern! Als ich nach der Anprobe mit einigen Kleidungsstücken an die Kasse trat, blaffte mich die Kassiererin wütend an: „Wir schließen um 14 Uhr! Das kann ich nicht mehr abrechnen!" Mist! Die Ladenschlusszeiten hier hatte ich total vergessen! Ich schaute auf meine Uhr. „Und warum nicht? Es ist erst zehn vor Zwei", erwiderte ich in ruhigem Ton. Die nette Dame knallte mit einem Ruck die Kassenlade zu und funkelte mich wortlos an. Kopfschüttelnd legte ich meine Ware auf den Tresen und verließ das

Geschäft. So etwas wäre in der Türkei undenkbar gewesen! Einmal hatte dort sogar jemand sein schon abgeschlossenes Geschäft für uns noch einmal geöffnet. Auch in England war der Kunde noch König. Damals im Harodds in London kam zunächst die Durchsage, dass um 21 Uhr geschlossen wird, doch man konnte immer noch in Ruhe seine ausgesuchte Ware bezahlen. Tatsächlich machte das Kaufhaus dann erst um zwanzig nach neun zu.

Ich schlenderte langsam nach Hause. Geschäftsschluss! Nach kurzer Zeit würde sich das Zentrum am helllichten Tag in eine Geisterstadt verwandeln. Als wir einmal sonntags aus einem Spanienurlaub zurückkehrten, war uns das besonders stark aufgefallen. Fröstelnd zog ich meine Jacke fester und freute mich auf die heiße Tasse Kaffee bei meiner Mutter.

Vierzehn Tage gehen schnell vorbei, wenn man sich mit Freunden trifft und diverse Verwandtenbesuche macht. Es war einfach nicht alles zu schaffen, so manch einer musste vertröstet werden, und vielen hatte ich mangels zur Verfügung stehender Zeit erst gar nicht gesagt, dass ich in Deutschland weilte. Dennoch habe ich schöne Erinnerungen, wie zum Beispiel den Bummel über den geschmückten Weihnachtsmarkt mit einer Freundin, mit der ich in Grundschule und Gymnasium unzertrennlich war. Manche Freundschaften halten wirklich fürs Leben. Auch der Besuch in meinem chinesischen Stamm-Restaurant war ein Highlight. Hier gab es damals noch Schweinefleisch süß-sauer, inzwischen wurde es leider von der Karte gestrichen, wie ich letztes Jahr bedauernd feststellen musste.

Ich freute mich aber zunehmend auf zu Hause, meinen Mann und die Kinder. Die letzten Tage fieberte ich dem Abflug regelrecht entgegen. Es wurde höchste Zeit!

Am Zoll passierte mir noch etwas Peinliches: Ich hatte mir die Jackentaschen mit Lakritze vollgestopft, da es die in der Türkei nur selten gibt – wenn, dann ohnehin nur Schnecken. Prompt musste ich alles herausholen und aufs Band legen. Damit hatte ich nicht gerechnet, in Izmir musste man nur die Jacke in eine Schale legen. Vor den Augen der amüsierten Mitreisenden breitete ich tütenweise Salinos, Salzlakritz, Salmiakpastillen und Lakritz-Bonbons aus. Wider Erwarten bekam ich dennoch alles mit. In darauf folgenden Jahren sollte dies nicht immer der Fall sein. Mal wurde der Camembert, mal die Leberwurst, mal die Fischkonserve - diesmal ging die Leberwurst übrigens anstandslos durch - im Rucksack beanstandet. Die Bestimmungen schienen sich ständig zu ändern! Aufatmend saß ich schließlich samt meiner Lakritze im Flieger. Da es Winter und beim Landeanflug auf Izmir noch dunkel war, hatte ich Glück und konnte die riesige erleuchtete Stadt zwischen Meer und Bergen unten liegen sehen. Der Pilot vollführte einen Halbkreis und fast jeder hing am Fenster – ein überwältigender Anblick! Ich kann es nicht beschreiben, das muss man einfach gesehen haben!

Zufrieden lehnte ich mich in meinen Sitz zurück, während die ersten schon kramten und aufstanden, während das Flugzeug noch ausrollte. Ich war wieder zu Hause! Als ich meinen Pass vorzeigte, stand mir wohl die Freude ins Gesicht geschrieben. Der Beamte strahlte mich an und sagte: „Willkommen zurück! Wie war der Urlaub?" Ja, er war schon schön, aber ich war glücklich, wieder hier zu sein!

Im Krankenhaus

Kurz nach unserer Ankunft in der Türkei brauchte Hugo irgendein Papier vom staatlichen Krankenhaus, und ich begleitete ihn dorthin. Entsetzt betrachtete ich den wenig ansprechenden, trostlosen Bau mit den vielen Menschen davor. Einige hatten sich einfach auf die Eingangsstufen gesetzt, andere bereits in eine lange Warteschlange eingereiht. „Das ist ja wie auf dem Bahnhof hier", raunte ich meinem Mann auf Deutsch zu. Alte Leute mit Stock, Mütter mit Kindern, Schwangere, ein Junge mit einem verbundenen Auge - ein Bild der Trostlosigkeit am frühen Morgen. Viele standen schon seit Stunden hier, in der Hoffnung, im Laufe des Tages irgendwann an die Reihe zu kommen. Ansonsten würden sie am nächsten Tag wieder hier warten. Wir bahnten uns unseren Weg durch die Menge, zum Glück brauchten wir ja nur ein Dokument.

Unten bot sich uns das gleiche Bild, die Korridore waren mit Patienten überfüllt, und oben an der Treppe - ich traute meinen Augen nicht - standen Ärzte in weißen Kitteln und rauchten seelenruhig ihre Zigaretten.

Wir wurden ein paar Mal hin und her geschickt und verließen nach knapp einer Stunde mit dem Papier aufatmend das Krankenhaus.

„Hoffentlich werde ich hier nie krank. Hoffentlich muss ich hier nie ins Krankenhaus", murmelte ich tonlos vor mich hin.

Doch genau das sollte schneller geschehen, als ich es mir träumen ließ. Bekanntlich bekommt man genau das, wovor man sich am meisten fürchtet.

Knapp sechs Jahre später – es war nach einem schweren Kartoffelsalat mit viel Majonäse und Sahne bei deutschen Freunden – bekam ich nachts fürchterliche Kolik-artige Schmerzen irgendwo in der Gegend zwischen Bauch und Magen. Ich tippte zunächst auf Nierensteine, die ich bereits einmal hatte, obwohl diese Schmerzen jetzt wesentlich heftiger waren und sich mehr auf den vorderen Bereich des Körpers konzentrierten. Um meinen Mann nicht zu wecken, lief ich stumm meine Runden um das aufgestellte Bügelbrett. Vielleicht würde der Stein fallen wie damals, da halfen eben nur viel trinken und Bewegung. Das tat wirklich gut ... ich rannte schon fast immer im Kreis, und der Schmerz ebbte nach Stunden ab, so schien es mir. Tagsüber schlief ich erschöpft im Sessel ein. Die heimtückischen Schmerzen kamen wieder, nicht jeden Tag, aber immer öfter und vorwiegend nachts.

„Wir müssen zum Arzt", sagte mein Mann, der entsetzt abwehrte, als ich ihn bat, sich auf meinen Bauch zu setzen.

Im städtischen Krankenhaus, an dem Hugos Geschäftspartner tätig war, wurden Gallensteine festgestellt. „Die Gallenblase muss raus", stellte der behandelnde Arzt fest und zog eine Augenbraue hoch.

Oh nein, doch nicht jetzt! Wir erwarteten die Woche Gäste aus Deutschland und befanden uns zudem im Fastenmonat Ramadan. Was, wenn der Arzt fastete und ohne Wasser getrunken zu haben die Operation vornahm. Das ging ja gar nicht!

Ich sagte, dass ich noch warten wolle. „Geben Sie Bescheid, wenn Sie bereit dazu sind, aber warten Sie nicht mehr zu lange", lautete die Antwort.

Der Besuch kam und ging, die Schmerzen blieben. Ich erinnere mich, dass ich mit unseren Töchtern eines Tages in der Stadt unterwegs war und wir schnell irgendwohin laufen mussten. Unterwegs dachte ich, ich breche zusammen. Mit Mühe und Not hielt ich die Einkäufe durch. Am nächsten Tag fasste ich den Entschluss und meldete mich im Krankenhaus. Nun ging alles ganz schnell. Noch in der gleichen Woche bekam ich einen OP-Termin. Natürlich musste ich schon am Vortag erscheinen -

nochmals Untersuchungen, Gespräch mit dem Narkosearzt, und ich hatte die Nacht im Krankenhaus zu verbringen. Die OP war auf den Morgen festgesetzt. „Du kommst gleich als erste dran", sagte die Krankenschwester zu mir. Das war gut so, nun wollte ich es auch hinter mir haben. Ich bekam ein einfaches Zimmer mit drei schmalen Betten zugwiesen, das Gemeinschafts-WC befand sich auf dem Flur. Mein Mann hatte in der Firma zu tun, und kurzerhand schickte ich ihn fort. „Ich schaffe das schon", sagte ich. Interessiert schaute ich in den Raum nebenan, wo drei Patientinnen auf dem Boden kauerten und auf einem Propangaskocher Tee kochten. Was es hier nicht alles gab! In einem deutschen Krankenhaus wäre das undenkbar gewesen. Kurze Zeit später erschien die Krankenschwester und fragte mich, ob ich Essgeschirr dabei habe. Ich war verwundert. Ja, gab es das denn hier nicht gestellt?! Jeder Patient bringe sein eigenes mit, wurde mir erklärt. „Oje, das wusste ich nicht. Mein Mann ist schon weg. Dann kann ich eben nichts essen oder trinken", erwiderte ich. Die nette Schwester winkte ab und brachte mir kurz darauf eine Tasse mit dampfendem Tee. „Das ist meine eigene", erklärte sie lächelnd. „Lass ihn dir schmecken!" Ich dankte verblüfft. Essen durfte ich ohnehin nichts mehr. Dann verbrachte ich eine schlaflose Nacht auf dem hohen, viel zu schmalen Bett und bekam prompt Kopfschmerzen. Ich war froh, als morgens eine Schwester erschien und ich den OP-Kittel überreicht bekam. Nachdem ich umgezogen war, musste ich mich auf ein noch schmaleres Bett setzen und wurde durch den Gang Richtung OP geschoben. Unterwegs winkten mir andere Patienten zu: „*Geçmiş olsun!*" – Gute Besserung oder genauer: Möge es vorbei sein! Ich bedankte mich und winkte zurück. Vor der Tür zum OP übernahm ein Pfleger das Bett mit mir darauf und erzählte mir alles Mögliche auf Deutsch, er habe in Deutschland gearbeitet, und aus welcher Stadt ich denn käme. Mein Kopfschmerz verstärkte sich, als er mit dem Bett gegen eine Tür stieß. Noch eine Tür – ich war angekommen und musste nun auf den OP-Tisch umsteigen. „Mensch, ist das kalt hier!" Anklagend wies ich auf das Thermometer an der Wand gegenüber. Vier Grad zeigte es mir an. Jetzt sollte ich die Narkose bekommen, doch die Nadel wurde fehlerhaft in den Arm eingeführt. „Das war nichts, ich muss es nochmal machen", entschuldigte sich der junge Mann mit hochrotem Kopf. Keine Spur vom Arzt, doch rings um mich herum tauchten immer neue Gesichter auf. „Beeilt euch doch mal mit der Narkose! Ich habe Kopfschmerzen, und mir ist kalt!", sagte ich verärgert.

Ich erwachte im Aufwachraum, weil jemand mir eine kleine Flasche unter die Nase hielt. „Ich bin so müde, ich will weiterschlafen", murmelte ich kraftlos auf Türkisch. Im Gang nahm ich schemenhaft Hugos Gesicht wahr. Schwach winkte ich ihm zu. Oh, ich wurde in ein anderes, nett ausgestattetes Zimmer mit eigenem Bad gerollt. Ein Privatzimmer! Das hatte sicherlich der Geschäftspartner meines Mannes organisiert. Der Tropf mit Infusionen wurde angeschlossen, und ich konnte endlich weiterschlafen.

Als ich die Augen aufschlug, waren mein Mann und der OP-Arzt zugegen. Der Arzt zeigte mir einen Behälter. „Schau mal, das ist deine Gallenblase! Das war eine schwere OP, komplizierter als ich dachte. Aber weil du optimistisch drangegangen bist, ist sie gut verlaufen. Die Gallenblase war stark perforiert." Fragend blickte ich ihn an. Was bedeutete das?

„Sie war mit Flüssigkeit gefüllt und kurz vor dem Platzen", erklärte er mir. Interessiert schaute ich mir das Gebilde an, in dem trübes, sandiges Wasser schwamm und einige große Klunker. Gallensteine!

„Aber es ist alles gut verlaufen. Heute Morgen nahm ich noch eine andere Gallenblasen-OP vor, aber die Frau hatte panische Angst und bestand auf einem offenen Eingriff, obwohl es in ihrem Fall ein leichtes gewesen wäre, ebenfalls eine laporoskopische – dabei wird der operative Zugang durch 5 bis 10 mm kleine Löcher vorgenommen - wie bei dir durchzuführen. Dafür muss sie nun mindestens eine Woche hier liegen, während du schon morgen nach Hause darfst, wenn keine Komplikationen auftreten." Mit einem Schmunzeln verließ der sympathische Arzt den Raum.

Eigentlich ist es in türkischen Krankenhäusern üblich, dass Patienten einen *refakçı* – einen Begleiter bei sich haben, der sich um alles kümmert. Nicht immer gibt es eine Klingel, mit der man die Schwester herbeirufen kann. Ich entdeckte eine und schickte meinen Mann kurzerhand wieder zur Arbeit. Den Tag verbrachte ich mit Schlafen und Lesen. Ich bekam noch Schonkost, die ich mit knurrendem Magen herunterschlang. Die Schwester wurde am Abend abgelöst, und die Nachtschwester unterhielt sich gerne mit mir. „Wo ist dein *refakçı*?", fragte sie mich. „Bei meiner Tochter zu Hause, ich komme aber klar", erklärte ich. „Sicher, wir zwei machen das schon", sorgfältig überprüfte sie meine Unterlagen. „Also, die Bettpfanne ist noch immer nicht benutzt, wie ich sehe – das geht aber nicht! Wenn du morgen hier raus willst, musst du das ändern. Vorher gibt es keine Entlassung." Ich hasste Bettpfannen, aber das leuchtete mir schon ein. Es sollte im Laufe des Abends dann auch wirklich noch klappen. Am nächsten Morgen läutete ich schon früh nach der Schwester, bat sie aber, die paar Schritte bis zum Bad gehen zu dürfen. Nur nicht wieder die Pfanne! Nun war das neu gestaltete Zimmer mit eigener Dusche und WC ja nett gemeint, aber alleine war es mir unmöglich, mit dem Infusionsständer über die hohe Schwelle zu kommen – das war auch der Grund, weshalb ich die Schwester zu Hilfe gerufen hatte. Lachend hob sie das Gestell ins Bad, und ich atmete auf.

Die Visite kam zu meiner Enttäuschung recht spät, erst nach dem Mittagessen, da morgens noch OPs auf dem Plan standen.

Hugo erschien sogar noch vor dem Arzt, der den Verband entfernte und sich die genähten Löcher in der Bauchdecke besah. Ja, es war alles in Ordnung. Ich bekam einen Termin zum Fäden ziehen lassen direkt in seiner Praxis und wurde mit einem festen Händedruck entlassen. Freudestrahlend fuhr ich mit meinem Mann im Auto davon. Eigentlich hatte ich viel mehr Spaß gehabt als damals bei den Kaiserschnitten in Deutschland - und außerdem hatte ich ja so viel zu berichten! Mein Mund stand keine Minute still. Fortan habe ich übrigens kein Problem mehr damit, eventuell in ein türkisches Krankenhaus zu müssen - und das ist auch gut so. Denn das sollte es noch längst nicht gewesen sein!

Mein erstes selbstverlegtes Buch

Im Juni 2008 flog ich zum zweiten Mal nach Deutschland. Gemeinsam mit Micki. Diesmal wollten wir unsere Reise unbedingt mit einer Stippvisite im Harz verbinden und hatten natürlich zuvor schon tüchtig im Internet recherchiert. Unsere Wahl fiel auf Wernigerode in der ehemaligen DDR. Bisher kannte ich Goslar, Braunlage und Hahnenklee. Der Harz hat mich schon als Kind begeistert, dieser geheimnisvolle Wald, der etwas sonderbar Vertrautes in sich barg mit all seinen Sagen über Hexen und andere mysteriöse Gestalten. Ich sog diese Atmosphäre wie ein Schwamm in mich auf.

Das idyllisch gelegene Wernigerode mit seinen kleinen Häusern, gediegenen Restaurants und dem schmucken Rathaus übertraf all unsere Erwartungen – später sollten wir noch mehrmals hierher zurückkehren, und auch die Fahrt mit der nostalgischen Dampfeisenbahn gehörte dann zum Programm. Wir zerrten unsere Mutter bzw. Oma in jeden Andenkenladen und bestaunten die schönen Hexenfiguren. Natürlich mussten wir welche kaufen. Um die Mittagszeit kehrten wir im Hexenkessel ein. Dort gab es einen Hexenteller mit viel Fleisch und einer kleinen Hexenfigur, die noch heute meine kaminartige Abzugshaube in der Küche schmückt. Unterwegs mussten wir natürlich unbedingt noch die leckeren Harzer Schneebälle probieren, umfangreiche Teigkugeln, die in einem kleinen Laden mit verschiedenen Füllungen angeboten wurden. Glücklicherweise gab es auch welche mit Karamell. Nun mussten wir aber unbedingt noch zum Schloss. Eine kleine Bahn fuhr zu bestimmten Zeiten den Berg hinauf. Leider hatten wir sie gerade verpasst. Laufen oder gar warten? Kam ja gar nicht in die Tüte! Kurzerhand nahmen wir eine Art Leiterwagen, der von Pferden gezogen wurde. Au ja, das war so richtig nostalgisch! Gutgelaunt tranken die bereits im Wagen sitzenden Mitreisenden Harzer Kräuterlikör, der vom Fahrer angeboten wurde. Da musste ich natürlich mithalten, obwohl ich das Zeug normalerweise gar nicht mal mochte. Unter Gelächter und Gesang ging es dem Wernigeröder Schloss entgegen. Vor dem Gelände mussten wir jedoch aussteigen und das letzte Stück Weg zu Fuß zurücklegen. Zu unserer hellen Freude gab es auch hier noch einen Andenkenladen, einen recht großen sogar! „Schau mal, Angi! Da müssen wir rein!", rief meine Tochter. Angi war der Kosename, den sie mir gab. Meine Mutter war weniger begeistert. „Ihr wart doch schon in so vielen Läden unten in der Stadt. Lasst uns jetzt erst das Schloss besichtigen, ehe dort zu gemacht wird!"

Das Schloss Wernigerode war ursprünglich eine mittelalterliche Burg, die im Laufe des 16. Jh. zu einer Renaissancefestung umgebaut wurde. Graf Ernst zu Stolberg-Wernigerode begann im späten 17. Jahrhundert mit dem barocken Umbau der im Dreißigjährigen Krieg schwer verwüsteten Burg zu einem romantischen Residenzschloss.

Wir besichtigten halbherzig Möbel und Kunsthandwerk aus längst vergangenen Zeiten. Der Ausblick vom Schlossplatz auf den Ort entschädigte uns dafür. Nun wollten Micki und ich aber unbedingt noch in den Shop. Zähneknirschend ergab sich meine Mutter ins Unvermeidliche. Bewundernd traten wir ein. Nirgends hatten bisher so viele Hexen von der Decke gehangen, besonders große Exemplare standen am Boden. Auf einem Tisch entdeckte ich sie dann. „Kobolde!", rief ich entzückt und hob einen nach dem anderen hoch. Es waren kleine Kerlchen in bunter Kleidung, bis auf einen hatten sie allesamt rotes Haar wie Pumuckl. Aber genau der eine, der so anders war und dessen Gesicht ein breites Grinsen schmückte, hatte es mir angetan. Sein schwarzer Schopf stand unordentlich zu Berge, und aus dunklen Augen schaute er mich listig an. „Nimm mich mit", schien er mir zuzuraunen. Ich setzte ihn vorsichtig auf meine Handfläche und ging zu Kasse. „Den hier nehme ich! Was soll er denn kosten?" Ich zahlte einen recht günstigen Preis und verließ freudestrahlend mit dem Kobold in der Tüte den Laden.

Kopfschüttelnd sagte meine Mutter: „So ein hässliches Gebilde! Aber ich hätte schwören können, dass du einen Rothaarigen nimmst. In der ersten Klasse hast du mal von einem Mitschüler geschwärmt, weil der so schönes apfelsinenfarbiges Haar hatte. Und später hast du ihm dann mal eins auf die Nase gegeben …" „Aber Oma, der Kobold ist doch niedlich!", rief meine Tochter empört. Kaum waren wir im Zug, da wurde er aus seiner Verpackung befreit und eingehend betrachtet. „Er heißt Nepomuck", fiel es mir plötzlich ein. „Das passt zu ihm", stimmte Micki zu.

Nepomuck saß den Rest des Urlaubs sehr zum Leidwesen meiner Mutter gut sichtbar auf dem Stubentisch oder im Regal, er baumelte während unseres Rückflugs in die Türkei an meiner Handtasche und wurde zu Hause auf dem Fernseher platziert. Dies hatte den Effekt, dass er mich von den Filmen ablenkte und ich plötzlich zwischendurch zu schreiben begann, da er mich ständig inspirierte. In jenen Wochen füllte ich Blatt um Blatt. Immer wieder schien mir der kleine Kerl irgendetwas mitteilen zu wollen. So entstand seine Geschichte. Zunächst handgeschrieben übertrug ich sie auf dem PC in eine Word-Datei, um diese dann von Hugo im Büro ausdrucken und zu einem Ringbuch zusammenfügen zu lassen. Micki bekam es als erste zu lesen und war begeistert. „Angi, das solltest du einreichen! Das ist super!"

Ich zauderte, das Geschreibsel war ja ursprünglich nur für mich gedacht, und rang mich irgendwann dazu durch, drei Verlage anzuschreiben, die auch Kinderbücher verlegten. Ich erstellte Vita und Leseprobe nach jeweiliger Vorschrift. Von immerhin einem bekam ich Antwort. Atemlos riss ich das recht große Kuvert auf. Aha! Ich sollte erstmal ein anständiges Sümmchen – es ging um mehrere tausend Euro - hinblättern, aber sie würden mein Buch sehr gerne verlegen. „Das glaube ich, dass ihr es gerne verlegen möchtet", zischte ich wütend. Das Thema Buchverlag hatte sich für mich hiermit erledigt. Ich suchte im Internet nach anderen Möglichkeiten und wurde fündig. Inzwischen gab es mehrere Selfpublish-Verleger wie BoD oder Tredition. Ich entschied mich damals nach reiflicher Prüfung für Tredition, da man sich dort mit privaten Lektoren, Illustratoren und Übersetzern absprechen konnte. Die Illustratorin, die ich anschrieb, war begeistert von der Geschichte und sofort bereit, mit mir zusammenzuarbeiten. Sie schickte mir wunderschöne Probezeichnungen meines kleinen Kobolds. Es kam zu einem externen Vertrag, und unter nicht unerheblichen technischen Anfangsschwierigkeiten lud ich schließlich aufatmend das fertige Manuskript hoch. 2010 erschien Nepomucks Abenteuer im deutschen Buch- und Onlinehandel. Im Februar 2015 wurde er im Karina-Verlag, der seinen Sitz in Österreich hat, in neuem Outfit verlegt und veröffentlicht.

Im Laufe der Jahre folgten weitere Kinderbücher sowie zwei Fantasy-Romane für Erwachsene. Meine Lieblings- und Schlüsselfigur wird wohl immer Nepomuck bleiben. Ohne ihn wäre ich vielleicht niemals Autorin geworden, obwohl ich als Kind schon gerne Geschichten verfasste.

Eine Reise ins Märchenland Kappadokien

Er war schon lange im Gespräch, dieser Ausflug nach Kappadokien. Gemeinsam mit Eri und Burky, einem deutschen Ehepaar, das halbjährig ein Ferienhaus nördlich von Izmir bewohnte, machte ich mich dann eines Tages endlich an die Planung unserer längst überfälligen Reise.

„Es darf aber nicht zu teuer werden", warf Burky, ein Beamter im Ruhestand ein. Das Internet bot eine Fülle an Pensionen und Hotels an. Doch nicht alle waren im April auch geöffnet, wie sich bald herausstellen sollte. In das touristisch sehr erschlossene Göreme wollte ich nicht so gerne, und als ich recherchierte fiel meine Wahl auf das weniger bekannte Uçhisar. Bald war auch ein Hotel gefunden, das allen zusagte.

Mitte April war es in Izmir schon recht mild. Zu viert machten wir uns am frühen Morgen gut gelaunt mit Gepäck und Proviant auf den Weg. Der jetzt schon überfüllte kleine Kofferraum des Opels Astra tat der Stimmung keinen Abbruch. Es ging los nach Kappadokien! Hugo saß am Steuer des Wagens, der unseren Freunden gehörte. Unser Auto war größer, aber ein Benziner, das würde kostspieliger werden.

Nach etwa neun Stunden Fahrzeit erreichten wir die Wohnung unserer Töchter, die in Ankara studierten. Hier wollten wir eine Übernachtung einlegen, denn gut zehn Stunden brauchten wir von Izmir bis Uçhisar, Nevşehir für die knapp 800 Kilometer, trotz inzwischen gut ausgebauter Schnell- und Fernstraßen. Die Studentenbude bot reichlich Zimmer und Platz, denn man ist in der Türkei jederzeit auf Großfamilien und Besuch eingestellt und baut dem entsprechend großzügig. Ankara war schon ein wenig kühler, aber die Zentralheizung lief auf

Hochtouren mangels fehlender Thermostate und dichter Fenster.

„Schade, dass ihr nicht mitkönnt. Kappadokien ist sicher sehr sehenswert", bedauerte ich, während Zwerghamster Mojo an meinem T-Shirt mit Begeisterung hoch- und runterlief. „Angi, ich könnte eigentlich mit. Es sind gerade keine wichtigen Vorlesungen an der Uni", überlegte Micki. Fragend sah ich Güldi an. Es war nur noch ein Platz im Auto frei, und ich wollte niemanden bevorzugen. Doch unsere Älteste schüttelte den Kopf: „Ich habe morgen eine Prüfung. Nehmt Micki mit!"

Der Rucksack war schnell gepackt – unsere Tochter musste ihn im Auto später auf den Schoß nehmen. Es sollte wieder früh losgehen am nächsten Tag, denn wir wollten einen kleinen Umweg fahren, um uns den *Tuz Gölü* – den großen Salzsee anzuschauen. Dieser ist nach dem *Van*-See der zweitgrößte des Landes und einer der salzhaltigsten der Welt. Er deckt 70 Prozent des Salzbedarfs der Türkei.

„Brr, ist das kalt hier!" Bibbernd stand ich neben dem Auto auf dem Parkplatz des einzigen Restaurants. Wohlweislich hatten wir dickere Kapuzenjacken dabei, die jetzt zum Einsatz kamen, und trugen Joggingschuhe und Jeans. Leicht rosa schimmernd, fast wie Perlmutt, lag der riesige See unter einem blauen Himmel direkt vor uns. Weit erstreckte er sich in einer kargen Landschaft in scheinbar unendliche Fernen. Ein unordentlich angelegter Steg aus Steinen führte ein Stück hinein.

„Schaut mal, was ich gefunden habe", rief Eri aus und bückte sich nach einem riesigen Salzklumpen am Wegrand. Begeistert betrachtete sie das Spiel der schneeweißen Eiskristalle. Nun ging es ans Suchen. Auch wir fanden ein schönes Exemplar und verstauten unser Fundstück stolz im Kofferraum. „Ein erstes Andenken", frohlockte ich. Inzwischen waren meine Hände zu Eis erstarrt, und auch die Anderen froren. Richtig gemütlich war es im Restaurant nicht, aber wir bekamen einen Nescafé zum Aufwärmen, bevor wir weiterfuhren.

Über Aksaray ging es nach Uçhisar. Was für ein Anblick! Vor etwa 20 Millionen Jahren schleuderten die Vulkane *Erciyes Daği*, *Hasan Daği* und *Melendiz Daği* bei ihren Ausbrüchen Asche in die Luft, die sich rundherum in unterschiedlichen Farben und Härtegraden ablagerte. Durch die Witterungseinflüsse wurde das weiche Material ausgespült, während das harte bestehen blieb. So entstanden faszinierende Märchenlandschaften: Pilze, Kamine und Zipfelmützen aus Stein, in denen der Legende nach Feen hausten! Und die Erosion dauert noch an: Ständig werden neue Feenschornsteine freigelegt, während andere wieder verschwinden.

Viele der Häuser wurden einfach in den Tuffstein hineingebaut. Manche recht einfach, andere erinnerten mich an die Paläste in Mardin in der Südosttürkei.

Unterwegs durch Kappadokien habe ich aber leider auch viele Bauten entdeckt, die einfach geschmacklos waren und sich überhaupt nicht in die bizarre Landschaft einpassten. „Das ist doch nun wirklich ein Stilbruch!" Anklagend wies ich so manches Mal auf ein liebloses Betongebäude, das direkt neben den fantastischen Formationen errichtet war. Uçhisar übertraf allerdings all unsere Erwartungen. Das Hotel war geschmackvoll in den Tuffstein integriert. Freudestrahlend standen Micki, Hugo und ich wenig später in unserem Dreibettzimmer im osmanischen Stil. Es hatte nach oben hin spitz zulaufende Fenster, die einen wunderbaren Blick auf die seltsamen Gebilde da draußen freigaben. Unsere Freunde hatten leider weniger Glück mit ihrem recht einfachen Zweibettzimmer.

Nun galt es, die Gegend zu erkunden. Eine Einheimische kam mit ihrem Esel daher, und als ich ihn streichelte, forderte sie meinen Mann lachend auf, ein Foto von uns dreien zu machen. „Wer ist denn nun der größte Esel?", witzelte Burky. Fotografierend zogen wir durch die Straßen und fanden bald ein sehr einladendes Restaurant. Der vordere Teil war ein normaler Raum, doch es gab noch einen weiteren, eine Höhle im Tuffgestein. Und genau dort sollten wir am Abend speisen, versprach uns der Besitzer. Wir sagten kurzerhand begeistert zu und zogen weiter. Es gab ja noch so viel zu sehen in dem kleinen Ort! Nachdem wir uns später im Hotel umgezogen hatten, machten wir uns auf den Weg zum Restaurant. Was uns hier erwartete, war unbeschreiblich.

„Ist das schön!", rief ich aus. Der Wirt hatte für uns auf niedrigen runden Tischen nach orientalischer Art gedeckt. Doch dazu mussten wir natürlich auf Kissen am Boden sitzen. Das ging mit unseren schon etwas betagten Freunden nicht, mussten wir betrübt eingestehen.

Blitzschnell wurde umdekoriert: Bald wurde von der Wirtin köstliches Essen am Tisch serviert Wir saßen auf bequemen Stühlen, und der kleine Sohn des Hauses brauste mit seinem Spielzeugauto fidel durch den Raum, der allein für uns reserviert war. Ich war sofort von den robusten Tischdecken begeistert. Auf rot- und cremefarbenem Untergrund tummelten sich Kamele. Hugo fragte, ob wir die Decke abkaufen könnten und auf Bitten unserer Freunde, gab uns der nette Gastgeber sogar noch eine zweite Decke. Später sahen wir diese Decken zwar überall an Touristenständen - aber unsere waren nicht nur günstiger, sondern auch ein schönes Andenken an den wundervollen Abend, den wir mit türkischem Tee – nun doch auf den Sitzkissen - ausklingen ließen. Hugo entdeckte an der Wand eine *saz*, das traditionelle Seiteninstrument türkischer Barden, und zupfte einige Melodien darauf. In fröhlicher Stimmung hievten wir spät in der Nacht den etwas steifen Burky unter großem Gelächter von seinem Sitzkissen hoch. Ein Abend ging zu Ende, der uns wohl allen in Erinnerung bleiben wird. Danke an die nette Familie, die uns so wunderbar bewirtet hat. Der Rückweg wurde ein wenig ungemütlich, da es plötzlich zu hageln begann. Überhaupt bot uns Kappadokien eine bunte Palette an Wetter: Sonne, Hagel und Schneeregen. Nur gut, dass die Heizung im Zimmer funktionierte. Allerdings muss ich dazu bemerken, dass keiner von uns auch nur ein leichtes Halskratzen bekam. Das Klima in Kappadokien muss sehr gesund sein, denn wir schliefen tief und fest, sodass wir stets problemlos und gut erholt in den neuen Tag starten konnten.

Am nächsten Morgen bot sich uns ein ganz besonderes Schauspiel: Bunte Heißluftballons schwebten an den Tuffstein-Formationen direkt vor unseren Fenstern vorbei. „Angi, schau!", rief Micki aus. „Dazu hätte ich auch Lust", antwortete ich begeistert. Die kalte Dusche folgte auf dem Fuß. „Ich aber nicht", bemerkte mein Mann trocken. „Das ist viel zu gefährlich. Wir könnten abstürzen." „Uns könnte morgen auch der Himmel auf den Kopf fallen", brummte ich verärgert.

Es stellte sich heraus, dass auch Eri keinesfalls in so „ein Ding" steigen würde, also erübrigte es sich, nach dem Preis für eine Ballonfahrt zu fragen. Später erfuhr ich, dass dies ein recht teures Vergnügen ist. „Wir nehmen das Auto", entschied Hugo nach dem Frühstück. Schon bald staunten wir über die Vielfalt der Gebilde aus Tuffstein. Mit wenig Fantasie erkannte man Kamele – wir begegneten übrigens hier in Mittelanatolien auch echten – Riesenechsen, Feenschornsteine und ganze Pilzlandschaften. Wir erforschten uralte Kirchen mit altertümlichen Malereien und Höhlenwohnungen. In unterirdischen Städten sollen sich in grauen Vorzeiten Christen vor den Römern versteckt haben. Natürlich besuchten wir auch Göreme, aber vom Flair her kam es nicht an Uçhisar heran. „Gut, dass wir hier kein Hotel gebucht haben", nuschelte ich, während ich im Café genüsslich mein Stück Karamell-Torte verzehrte.

Am nächsten Tag ging es nach Avanos, der Töpferstadt in Kappadokien.

Das Städtchen liegt am Kızılırmak, dem längsten Fluss der Türkei und ist bekannt für seine Werkstätten und Verkaufsstellen direkt in den Tuffsteinhöhlen. Manchmal mussten wir zwei Stockwerke nach unten steigen. Man kann den Töpfern direkt bei ihrer Arbeit zuschauen oder auch auf dem rotierenden flachen Stein selbst mit den Händen eine kleine Schale oder einen Teller formen.

Alles Schöne geht leider viel zu schnell vorbei. Zu gerne hätte ich einen kleinen Leiterwagen aus Uçhisar für unsere Terrasse in Izmir mitgenommen. Es gab wunderschöne, kunstvoll bemalte Exemplare. Doch ein unbehandelter Rohling hätte mir schon ausgereicht. Mit Farbe und Pinsel wäre ich ihm persönlich zu Leibe gerückt. Doch leider war es nicht machbar: Das gute Stück passte beim besten Willen nicht mehr in den überfüllten Kofferraum. Schade!

Auf unserer Rückreise mussten wir natürlich unbedingt noch einen Abstecher zum Veli Bektasch Mausoleum machen. Veli Bektasch war ein alevitischer Mystiker aus Chorasan, der schätzungsweise in der zweiten Hälfte des 13. Jahrhunderts in Anatolien lebte.

Am Ende dieser Kultur- und Erlebnisreise waren wir uns alle einig: Die Türkei hat weitaus mehr zu bieten als Sonne, Strand und Meer.

Deutschländer und Kaffeekränzchen

Eine englische Freundin sagte einmal zu mir: „Ihr Deutschen seid gut organisiert".

Damit hat sie zweifelsohne Recht. In regelmäßigen Abständen geben Frühstückbuffets oder Kaffeekränzchen in Restaurants oder Hotels den deutschen Frauen die Möglichkeit, sich mit ihren Landsleuten auf einen ausgiebigen Plausch zu treffen. Die Männer haben dafür an einem Abend im Monat ihren Herren-Stammtisch, wo meist gegrilltes Fleisch angeboten wird. Mein Mann nahm ein paarmal daran teil, bevor es ihm mit seiner Arbeit in der Firma zeitlich zu stressig wurde.

Dafür bin ich zumindest in den Wintermonaten meist beim Kaffeekränzchen zugegen. Im Sommer gibt es eine zweimonatige Pause, da viele Izmiraner dann in ihren Ferienhäusern am Meer weilen. Besagter Frauentreff existierte schon vor knapp 30 Jahren, als Güldi noch ein Kleinkind war. Hier tauscht man sich aus und erfährt so manche Neuigkeit. Freundschaften werden geschlossen - und natürlich wird am Buffet bei Kaffee und Kuchen tüchtig zugeschlagen. Die Torten und das Börek (meist mit Mett, Spinat oder Schafskäse gefüllte und gebackene Teigschichten) sind meiner Gesundheit nicht gerade zugänglich, aber einmal im Monat lasse ich Fünfe gerade sein. Mit dem ebenfalls angebotenen Salatbüffet konnte ich mich dagegen nie so recht anfreunden, ich ziehe auf jeden Fall die schmackhafte Himbeertorte vor.

Natürlich werden auch Ausflüge geplant sowie Flohmärkte und Weihnachtsfeiern veranstaltet.

Im Swiss Hotel findet monatlich ein internationaler Frauentreff statt, dabei wird die Konversation meist in Englisch geführt sowie im nahegelegenen Selçuk auch - dort allerdings ein wenig christlich angehaucht. Wir trafen sogar auf eine deutsche

Missionarin, die mit Feuereifer Moslems zum Christentum bekehrt.

Wie viele deutsche Frauen momentan in Izmir leben, weiß ich gar nicht so genau. Rund 75.000 Deutsche sollen ihren Wohnsitz in der Türkei haben – die meisten davon allerdings an der Südküste, der türkischen Riviera. In Alanya soll es sogar deutsche Bäcker und Metzger geben – doch auch in Urla kann man inzwischen bei einem Schlachter Bratwurst und diverse andere „Schweinereien" kaufen. Natürlich ist Schweinefleisch hier verhältnismäßig teuer, sodass wir unsere Einkäufe nach wie vor lieber auf der Insel Chios tätigen.

Wie es der Zufall so will:

In den Anfangsjahren des Millenniums streiften wir wieder einmal durch Alaçatı und blieben im ersten Moment sprachlos stehen.

„Schau mal Hugo, das gibt es doch gar nicht!" rief ich aus und deutete aufgeregt auf eines der schönen Häuser in der Altstadt. *Bistro Hannover* stand dort groß und deutlich auf dem Schild. Ich kam ja ursprünglich aus Hannover und war für einen Moment baff. Hier mussten wir natürlich hinein und der Sache auf den Grund gehen. Es gab ein großes Hallo.

Der Besitzer des Bistros kam aus einem Vorort meiner Heimatstadt, seine Frau war Türkin, er Deutscher.

„Die Welt ist klein", schmunzelte er.

Nach einem regen Austausch kam mir eine Idee und so fragte ich, ob die beiden zu einem Interview bereit wären. Sie stimmten freudig zu – schließlich war das doch Reklame für ihr Geschäft. Zu jener Zeit arbeiteten wir noch für die *Türkische Allgemeine,* und mich juckte es in den Fingern, selbst mal eine Reportage zu machen anstatt immer nur langweilige Texte zu übersetzen. Der Artikel wurde ein voller Erfolg, und die Bistrobesitzer luden uns zum Dank zu einem Weihnachtsessen des

Stammtischs ein, das in jenem Jahr im *Bistro Hannover* statt-fand. Das Bistro gibt es inzwischen leider nicht mehr, wir haben keine Ahnung, wo die netten Besitzer heute leben und was sie tun.

Einige meiner deutschen und englischen Bekannten aus ver-gangenen Zeiten fand ich nach zehn Jahren Aufenthalt in Deutschland wieder, andere nicht. Die Holländerin Gerdi, die zeitgleich mit uns die Türkei damals mit ihrem türkischen Ehe-mann und den drei Kindern verlassen hatte, zog nun ein Leben in Holland vor. Die Hitze hier hatte ihr stets zu schaffen ge-macht. Einmal besuchten wir sie von Deutschland aus in den Niederlanden, dann brach leider auch dieser Kontakt ab.

Die doppelte Staatsangehörigkeit

Wie anfangs schon erwähnt, erlaubt der deutsche Staat eine Doppelbürgerschaft nur in Ausnahmefällen. Seit mehr als zehn Jahren lebte ich nun schon in der Türkei und fühlte mich als Ausländerin nicht genügend abgesichert. Was, wenn irgendwelche Probleme auftraten? Unser Haus lag im militärischen Sperrgebiet, Ausländer durften hier keinen Besitz haben. Das war nur ein Punkt, wenn auch ein sehr wichtiger. Ich besaß kein Wahlrecht hier, konnte im Ernstfall nirgends ohne Sondergenehmigung, die vom türkischen Arbeitgeber beantragt und bezahlt werden musste, arbeiten.

Die doppelte Staatsbürgerschaft war eines Tages auch im deutschen Frauenkreis Thema. Hier erfuhr ich, dass ich sie inzwischen durchaus beantragen konnte. Eine Frau gab mir wertvolle Tipps, was ich als Grund auf dem Antrag angeben sollte und was nicht. Nach reiflicher Überlegung suchte ich das Deutsche Konsulat in Izmir auf und erfuhr die Einzelheiten. Die Beibehaltung der deutschen Staatsangehörigkeit würde mich 255 Euro kosten, ich müsse allerdings auch zahlen, wenn das Gesuch abgelehnt würde. Das war erstmal ein Schock. Ich sollte dafür bezahlen, dass ich eine Staatsangehörigkeit beibehalten durfte, die ich ohnehin durch mein Geburtsecht besaß. Zudem konnte alle Mühe umsonst sein.

Die Ikametkarte, der Ausländerausweis - in den Jahren meines ersten Aufenthalts noch kostenpflichtig - war inzwischen für mit Türken verheirateten Ehepartnern gratis. Ich besaß sogar eine, die fünf Jahre gültig war. Ich wog die Vor- und Nachteile ab und ging dann das Risiko ein, in der Hoffnung, dass meine Argumente schlagkräftig genug waren. Die deutsche Angestellte im Konsulat sagte mir, ich müsse mit etwa vier Monaten Wartezeit rechnen, bis Bescheid aus Berlin käme.

Die Monate gingen ins Land, und als nach sechs Monaten immer noch nichts kam, rief ich beim Konsulat an, um nachzuhaken. Ich hatte dieselbe Sachbearbeiterin an der Strippe, bei der ich damals den Antrag einreichte. „Oh, guten Morgen, Frau Erdiç! - Nein, leider liegt mir noch nichts vor. Wann haben Sie den Antrag denn eingereicht? - Ah ja, ich erinnere mich auch noch an Sie. Moment mal bitte …" Auf der anderen Seite der Leitung wurde eifrig gekramt. „Ich rufe Sie gleich zurück", erklang die Stimme erneut. Nach ein paar Minuten klingelte dann auch das Telefon. „Frau Erdiç, es tut mir ja so leid! Ihr Antrag ist irgendwie hinten in der Schublade liegengeblieben. Ich schicke ihn aber heute noch mit dem Vermerk „Dringend" heraus!" *Na, super*, dachte ich frustriert. Erneut hieß es warten. Zu meiner Überraschung kam der Bescheid vom Konsulat dann innerhalb weniger Wochen. Der Antrag war genehmigt! Ich überwies die Euro an das angegebene Bankkonto in Deutschland und bekam nach Vorlage des Zahlbelegs im Konsulat ein vom Bundesverwaltungsamt ausgestelltes Dokument überreicht – meine sogenannte „Genehmigung zur Beibehaltung der deutschen Staatsangehörigkeit". Allerdings würde dieses Dokument erlöschen, wenn ich die türkische Staatsangehörigkeit nicht innerhalb von zwei Jahren bekäme.

Neuer Stress war angesagt! Ich beantragte schleunigst die türkische Staatsangehörigkeit. Hier war keine Zeit zu verlieren, wer weiß, wie lange die türkischen Behörden brauchten! Die Wochen vergingen. Irgendwann klingelte es eines Tages an der Tür. Ich befand mich im oberen Stockwerk und spähte im Schutz der Gardine aus dem Schlafstubenfenster. Zwei mir unbekannte Männer, sehr suspekt! Ich wartete erstmal ab. Plötzlich klingelte das Telefon. Aha, in dem Fall waren es wohl weder Vertreter noch irgendwelche Kriminelle, die sich als sonst was ausgaben und einem dann eins über den Nüschel zogen. Ich nahm den Hörer ab und wurde gebeten, unverzüglich die Tür zu öffnen. Zwei Beamte der Fremdenpolizei in Zivil wiesen sich aus. Sie durften das Haus laut Gesetz nicht betreten und stellten einige Fragen wie *Seit wann leben Sie in diesem Haus? - Haben Sie Kinder? - Wo sind die jetzt? - Was arbeitet Ihr Mann?* direkt am Eingang. Später erfuhr ich, dass die Männer auch die Nachbarn zu beiden Seiten bezüglich meiner Person befragt hatten. Die Antworten müssen auf jeden Fall positiv ausgefallen sein – Danke, liebe Nachbarn! - denn kurze Zeit später erhielt ich bereits die Aufforderung, mich auf einem Polizeirevier in der Innenstadt zu melden. Ich fuhr mit Hugo hin. Dort wurden meine Fingerabdrücke genommen und u.a. Profilbilder von mir erstellt „Wie bei einem Verbrecher", flüsterte ich meinem Mann zu. Tatsächlich saß uns auch ein Straftäter auf der Bank gegenüber, wie sich bei einem Gespräch herausstellte - es wurde damals alles im gleichen Gebäude abgehandelt.

Wieder einmal ging einige Zeit ins Land, wahrscheinlich wurden meine Akten in Ankara derweil sorgfältig geprüft. Dann endlich ein Termin beim Familienamt - eine Vorladung für Hugo und mich, wir mussten zu zweit erscheinen. Im Wartesaal saßen schon mehrere Pärchen, die sich in gebrochenem Englisch untereinander verständigten. Manche Frauen kamen augenscheinlich aus der ehemaligen Sowjetunion, den sogenannten Turk-Staaten, dem Nahen Osten, aber auch hellhäutige Europäerinnen waren darunter. Anscheinend sprachen sie alle kein oder schlecht Türkisch, stellte ich verwundert fest. Wir warteten und kamen recht schnell an die Reihe. Zuerst wurde ich aufgerufen. Drinnen erwartete mich ein Komitee von drei Männern und einer Frau. Ich rief ein fröhliches *Günaydin* - Guten Morgen in den Raum und wurde höflich gebeten, mich zu setzen. Nun folgte die Befragung. Tagelang hatte ich das Wichtigste über türkische Geschichte und die Nationalhymne gepaukt, obwohl mir vorher versichert wurde, dass ich das gar nicht brauchte. Es war dann auch kurz und schmerzlos. „Wie heißen Sie, wie alt sind Sie? Wie viele Kinder haben Sie? Wie alt sind die? Wo befinden die sich jetzt? Wann und wo haben Sie Ihren Mann kennengelernt? Was machen Sie beruflich?" Das war es auch schon. Ich antwortete wahrheitsgemäß und zeigte dann stolz mein erstes Buch vor – ein Jahr zuvor hatte ich *Nepomucks Abenteuer* veröffentlicht. „Ich schreibe Kinderbücher!" Nun war ich dem freundlichen Ausschuss anscheinend noch sympathischer. Lächelnd nahm einer der anwesenden Männer meinen *Nepomuck* entgegen und blätterte darin herum. „Kann einer von euch Deutsch?", fragte er die anderen, doch die schüttelten bedauernd den Kopf. Das Buch machte trotzdem die Runde, und zum Schluss wünschten mir alle viel Erfolg damit. Ich war entlassen. Nun war mein Mann an der Reihe, hineinzugehen. Im Vorraum lud mich die Sekretärin währenddessen dazu ein, an ihrem Tisch Platz zu nehmen. Wir kamen ins Gespräch. „In dieser Woche sind sogar Sondertermine vergeben worden, da wir inzwischen so viele Bewerberinnen haben", erklärte sie mir – und dann: „So wie Sie Türkisch sprechen, müssen Sie keine Bedenken haben, dass Ihr Antrag abgelehnt wird." Mein Mann erschien – ihm waren haargenau die gleichen Fragen gestellt worden wie mir. In Hochstimmung verließen wir das Gebäude.

Im Juni 2011 wurde mir mein türkischer Personalausweis überreicht, der mich ganze fünf Lira kostete, damals umgerechnet etwa zwei Euro. Nun bin ich die stolze Besitzerin zweier Staatsangehörigkeiten.

Ab auf die Insel

Çeşme gegenüber liegt die griechische Insel Chios. Mit dem Schiff oder der Fähre dauert die Überfahrt nur etwa eine halbe Stunde, gut 20 Minuten mit dem schnelleren Katamaran.

Meine erste Bekanntschaft mit Chios geschah ziemlich unfreiwillig im Jahr 2000.

Damals war ich ganz normal mit meinem deutschen Ausweis eingereist und hatte die drei visafreien Monate um genau zwei Tage überschritten. Als ich mich montags bei der Fremdenpolizei am Konak in Izmir meldete, um ein *Ikamet* - eine Aufenthaltsberechtigung zu beantragen, runzelte der Beamte die Stirn: „Sie sind über die Zeit! Tut mir leid, das kostet Strafe, und Sie müssen die Türkei verlassen, um dann erneut einzureisen." Entsetzt sah ich meinen Mann an, der mich begleitete. „Aber die drei Monate waren am Samstag um – da sind die Ämter doch geschlossen", warf ich ein. „Nicht das Ausländeramt. Wir haben auch am Wochenende geöffnet", erklärte der Beamte seelenruhig.

„Wir zahlen gerne die Strafgebühr, aber deshalb gleich das Land verlassen? Gibt es da nicht eine andere Möglichkeit? Es handelt sich schließlich um meine Ehefrau", sorgte sich Hugo. Der Staatsdiener zeigte sich unbeeindruckt: „Sie sind doch Deutsche. Warum steigen Sie nicht einfach in den Flieger und kommen morgen zurück. Dann hat alles seine Ordnung."

Mein Mann und ich sahen uns an. Mal eben nach Deutschland fliegen? Der Mann hatte Humor! Es hatte keinen Sinn. Wir zahlten eine Strafgebühr, die genauso hoch war, wie die Kosten für das *Ikamet*, nämlich etwa einen türkischen Monatslohn zu jenen Zeiten. „Kommen Sie wieder, wenn Sie einen neuen Einreisestempel in Ihrem Pass haben. Dann stellen wir ein *Ikamet* aus."

Jetzt war guter Rat teuer. Hugo machte sich schlau und bekam einen wertvollen Tipp: Alle EU- Bürger, die ihren Aufenthalt überzogen haben, fahren von Çeşme aus nach Chios rüber und bekommen bei Ihrer Rückkehr einen türkischen Stempel in den Ausweis. Heutzutage wird das strenger gehandhabt – damals hatte ich Glück, dass es ausreichte, die Türkei auch nur für wenige Stunden zu verlassen. Also fuhren wir in das etwa 90 km entfernte idyllische Çeşme und besorgten ein Ticket für das Schiff nach Chios. Mehr brauchte ich nicht. Leider konnte Hugo nicht mit. Als türkischer Staatsbürger brauchte er ein Visum, eine kostspielige und zeitraubende Angelegenheit. Folglich fuhr ich allein, gut bestückt mit griechischen Drachmen – Überbleibsel von unseren Autofahrten Deutschland - Türkei. Noch hatte Griechenland den Euro nicht.

Auf dem Schiff befanden sich, außer einer türkischen Familie mit zwei kleinen Kindern, ausschließlich Ausländer. Diese fuhren wohl aus demselben Grund wie ich auf die griechische Insel. Am Abend würden auch sie wieder zurückkehren.

Der erste Schreck erfasste mich bei der Ankunft auf Chios. Dort musste man eine Hafengebühr zahlen. Skeptisch reichte ich dem Beamten ein paar abgezählte Drachmen. „Where have you got this?" Der gute Mann riss die Augen auf. „From Greece. What is wrong?" „Please show me …" Er durchsuchte die Münzen in meiner Hand, dabei stellte sich heraus, dass der größte Teil wohl bereits ungültig war. Es entzog sich meiner Kenntnis, wann die Griechen neue Drachmen geprägt hatten. Auf der Urlaubsfahrt waren unsere noch gültig gewesen. Seufzend suchte der Beamte sich zwei Münzen heraus und winkte mich durch. Ich stand nun ratlos mit meinem wertlosem Geld und einer Flasche Wasser als einzigem Proviant auf europäischem Boden. Die Mitreisenden zogen an mir vorbei. Ich trottete hinterher Richtung Stadt. Ohne Zaster konnte ich nicht einmal etwas essen hier. Einen Strand konnte ich auch nirgends erblicken. Die Insel machte alles in allem nach dem lebendigen Çeşme einen recht trostlosen Eindruck auf mich. Mit dem quirligen Rhodos, wo ich früher einmal Urlaub gemacht hatte, war sie auch nicht zu vergleichen. Weit ab vom internationalen Tourismus, beschaulich, ruhig ...

Die Mitreisenden verstreuten sich in alle Winde. Das einzige Schiff fuhr erst gegen 18 Uhr zurück. Ich beschloss, die Stadt zu erkunden und fand mich bald in immer höher steigenden Gassen wieder. Eine Schule mit griechischer Flagge erregte meine Aufmerksamkeit. Jungen und Mädel in Sportanzügen marschierten in Reih und Glied wie beim Militär. Sie brüllten am Ende ihrer Tour jedes Mal *Eko* und machten dann kehrt, um in die andere Richtung weiter zu marschieren. Nach einer Weile wurde es uninteressant.

Ich musste mir mein Wasser streng einteilen und setzte mich auf die Stufen eines antik anmutenden Gebäudes. Einige Einheimische kamen vorbei und musterten mich argwöhnisch. Noch immer keine Spur von meinen Mitreisenden. Die saßen sicher irgendwo am Hafen und aßen zu Mittag. Die Zeit verging nur langsam. Nachmittags machte ich mich an den Abstieg. Ich hatte vieles gesehen: alte Gassen, geschichtsträchtige Gemäuer, zwei wunderschöne orthodoxe Kirchen und Menschen, die weitaus in sich gekehrter waren als die gesprächigen und kontaktfreudigen Izmiraner. In der Türkei war mangelnde Sprachkenntnis nie ein Hindernis für mich gewesen – hier war sie es.

Auch dieser Tag ging vorbei, ich konnte aufs Schiff und atmete auf, als ich meinen Stempel auf der türkischen Seite bekam. Danach gab es keine Probleme mehr, auch nicht mit dem *Ikamet*, das wohl eine Aufenthaltsberechtigung beinhaltete aber keine Arbeitserlaubnis. Diese musste damals und muss auch heute noch vom jeweiligen Arbeitgeber beantragt werden. Dazu muss dieser als Begründung allerdings erst nachweisen, dass kein Türke die entsprechende Arbeit verrichten kann. Ein etwas schwieriges Unterfangen also.

In den folgenden Jahren sollte ich noch öfter auf die Insel fahren, vor allem mit Besuch im Schlepptau. Die Insel wurde im Laufe der Jahre von den reiselustiger werdenden Türken entdeckt – sehr zur Freude der sonst den Nachbarn nicht immer freundlich gesinnten Griechen. Besonders nach der großen Krise in Hellas sind sie auf das hereinkommende Geld angewiesen. Heute sprechen viele Einwohner dort Türkisch, und vor Läden und Restaurants findet man Schilder in türkischer Sprache.

Noch immer gibt es hier keinen Massentourismus, aber das ist auch gut so.

Ich habe inzwischen zwei Stammlokale: Gleich vorne an der Promenade gibt es wunderbare Brötchen mit Kochschinken und dazu duftenden Kaffee nach Wahl. Mittags kehre ich im *Aella* ein, das mir von einer türkischen Ladenbesitzerin auf Chios empfohlen wurde, als ich sie fragte, wo man denn am besten und günstigsten *Souvlaki* essen könne.

Natürlich darf dazu eine Flasche Rotwein nicht fehlen. Mit dem *Rakı* bin ich allerdings vorsichtiger geworden, nachdem ich einmal an einem heißen Sommertag beides zusammen zu mir nahm. Just an jenem Morgen entdeckte ich eine Butterdose in der Auslage eines der kleinen Souvenir Shops wieder, auf die ich schon im Vorjahr ein Auge geworfen hatte. Schon beim Aufstehen nach dem Genuss meiner Fleischspieße merkte ich, dass ich mich ein wenig bemühen musste, eine gerade Linie bei zu behalten, konnte das aber gut vor meiner Mutter und Güldi verbergen. „So, und nun möchte ich noch die schöne Butterdose kaufen", verkündete ich. Der Laden lag weiter vorne an der Promenade, zielsicher steuerte ich darauf zu. Dann stand ich vor der Fensterscheibe, und mich erfasste ein unglaublicher Anflug von Heiterkeit. „Moment, ich muss erstmal lachen", sagte ich zu meiner verdutzten Mutter. Meine Tochter grinste, als ich losgackerte. Zum Glück kamen den Moment keine Leute vorbei - oder ich nahm sie zumindest nicht wahr. Nachdem der Anfall vorüber war, wurde mein Kopf wieder klar, und ich erstand problemlos das gute Stück.

Dass es den Leuten auf der Insel nicht wirklich gut geht, erfuhr ich von einem Taxifahrer auf einer Fahrt zu Lidl. Bei Lidl kauft man vieles günstiger ein als in türkischen Supermärkten – vor allem aber gibt es hier das lange entbehrte Schweinefleisch, Salami, Schinken und Camembert. Der Fahrer sprach sehr gut Türkisch, und so erfuhr ich von den Nöten der Bevölkerung. Jede Krise trifft in erster Linie den kleinen Mann, der hart für seinen Lohn arbeitet und die Mutter, die versucht, ihre Kinder satt zu bekommen. Ich wunderte mich, da ich viele Einheimische hier schon am Morgen in den Cafés sitzen sah – aber vielleicht hatten die bereits gar keine Arbeit mehr. Auch der nette Kaffeeshop Besitzer, mit dem ich das Jahr zuvor ins Gespräch kam, hatte inzwischen seinen Laden dicht gemacht. Damals sagte er. „Ich werde schließen. Es lohnt sich nicht mehr hier auf der Insel." Nachdenklich schlürfte ich meinen Kaffee mit Karamellaroma.

„Wohin willst du gehen?", fragte ich den jungen Mann auf Englisch. „Am liebsten nach Istanbul – das ist so eine schöne Stadt, ich war schon zweimal dort", schwärmte er. „Aber ich werde wohl aufs Festland gehen. Nach Saloniki oder Athen vielleicht. Hier gibt es keine Perspektive. Die jungen Leute wandern alle ab."

Doch Saloniki ist auch nicht mehr das, was es einmal war. Das stellte ich letztes Jahr bei einer Europafahrt fest. Und aus Saloniki kam auch jener Möbellieferant von Alfemo, der uns unsere Stubenmöbel aufbaute. Jahrelang hatte der Grieche dort mit seiner türkischen Frau gelebt. Nach der Krise zog er mit ihr und den Kindern nach Izmir. „In Griechenland gibt es keine Arbeit mehr für mich", sagte er traurig.

Letzten Sommer besuchte ich mit meinem Mann, Tochter und Schwiegersohn erneut die Insel. Inzwischen ist sie mir vertraut und fast ein zweites Zuhause geworden. Diesmal hatten wir in einer Kirche ein besonders schönes, aber auch recht lustiges Erlebnis. Der Pope kam gerade vom Glockenläuten. Er wies fragend auf den Eingang, und wir nickten begeistert. So betraten wir staunend den heiligen Raum. Sogleich umfing uns ein ruhiges und friedliches Gefühl der Geborgenheit. Hier wirkte nichts überladen wie so oft in den katholischen Kirchen oder düster wie in den protestantischen, alles war harmonisch und geschmackvoll. Der Pope, alt und zierlich, verständigte sich mit Handzeichen und gebrochenem Englisch.

„Oh from Turkey", sagte er freundlich. Wir entzündeten weiße Kerzen und steckten sie in den dafür vorgesehenen Kasten. Dann fragte ich, ob wir Fotos machen dürften. Er nickte und stellte sich neben meinen Mann – da eilte auch mein Schwiegersohn herbei. Es entstanden wunderschöne Bilder von den beiden mit dem Popen in der Mitte. Wir bedankten uns und verließen alle gemeinsam die Kirche. Der Geistliche schloss ab und winkte uns noch freundlich zu, bevor er in eine Seitengasse einbog und verschwand. Wir machten ein paar Außenaufnahmen und gingen dann weiter Richtung Hafen.

Plötzlich wurde mein Mann unruhig. Er durchwühlte seine Umhängetasche. „Hast du meine Brille?", fragte er mich nervös. „Nein, die hast du sicher beim Kerze anzünden abgelegt", entgegnete ich. „Dann liegt sie da wohl auch noch", brummelte Hugo. Was jetzt? Die Kirche war verschlossen, und wir hatten keine Ahnung, wo wir den Popen finden konnten. Außerdem mussten wir langsam zum Schiff.

„Zumindest du hast heute deine Opfergabe geleistet", grinste ich. Mein Gatte hatte schon öfter mal eine Brille irgendwo liegen lassen, aber diesmal erschien es mir weitaus lustiger als sonst. Ich stellte mir das Gesicht des Popen vor, wenn er Hugos Nasenfahrrad fand und prustete laut heraus. Trotzdem fanden wir alle, dass das Erlebnis den Verlust der Brille wert war. Ein kleines Tribut an die Völkerverständigung.

Die verknotete Schildkröte

Seit einiger Zeit ging es mir gar nicht gut. Egal ob beim Telefonieren oder Treppensteigen, die Luft ging mir einfach aus. Das fiel natürlich auch anderen auf. „Atme doch langsam.", „Bist du gerannt?", so hieß es oft am anderen Ende der Telefonleitung. Nein – ich bin nicht gerannt, doch immer öfter musste ich Pausen einlegen, wenn ich auch nur die leichte Schräge zu unserem Häuschen hinaufgehen musste. Der Puls erhöhte sich bereits im Sitzen auf 110, und nachts wachte ich auf, da ich mein Blut in den Adern förmlich pulsieren fühlte.

Du wirst alt, dachte ich mir. *Wie willst du noch zehn oder zwanzig Jahre überstehen, wenn du schon jetzt auf der Strecke bleibst? Vielleicht muss ich nur ein wenig abnehmen*, tröstete ich mich so manches Mal. Ich durfte mit meinem Bluthochdruck, den erhöhten Tryglicerid-Werten und dem versteckten Zucker aber ohnehin nicht viel essen. Also war guter Rat teuer. Es ging mir weiterhin schlecht, und als ich meine Töchter in Ankara besuchte, schaffte ich den Weg bergauf zu ihrer Wohnung nur noch mit großer Anstrengung.

Als ich wieder daheim in Izmir war, wurde es Zeit für ein neues Attest, damit ich die Blutdrucktabletten weiterhin von der Kasse bezahlt bekam. Diese Bescheinigung musste von einem Facharzt jährlich neu ausgestellt werden.

Der Arzt betrachtete mich prüfend. Dank der Tablette stimmten die Werte soweit. „Strecken Sie doch mal Ihre Hände aus", forderte er mich auf. Ja, ich wusste, dass sie in letzter Zeit manchmal leicht zitterten. Stirnrunzelnd legte der Internist ein Blatt Papier auf meine Hände. Dieses fiel bebend zu Boden. „Sofort zum Ultraschall", sagte er. Ich wechselte den Raum und musste mich auf eine Liege legen, dabei den Kopf weit zurücklehnen. „Oje, was machen wir denn nur mit

Ihnen?", klang es an mein Ohr. Natürlich konnte ich aus meiner Lage hinaus nicht zum Monitor schauen. Ich wurde unruhig mit meinem überdehnten Hals.

Als ich mich erheben durfte, fragte ich den Assistenzarzt, der das Gerät bedient hatte, was ich denn habe. Doch der sagte mir, darüber dürfe nur der Internist Auskunft geben. Der kam auch sogleich und betrachtete die Aufnahmen. „Sie haben alleine auf der linken Seite der Schilddrüse dreizehn Knoten", stellte er fest. „Wir werden Sie zunächst mit Tabletten einstellen, aber um eine OP kommen wir nicht herum. Machen Sie einen Termin für eine Szintigraphie."

Zu Hause machte ich mich im Internet schlau und beglückte meine Familienmitglieder in aller Ausführlichkeit mit Informationen über die Funktion der Schilddrüse und die Bedeutung der Knoten. Für mich war das jetzt nur noch meine „verknotete Schildkröte", kam ich mir selbst doch plump und ungelenk wie eine solche vor.

Schon bald wurde die Szintigraphie durchgeführt, und der Internist bestellte meinen Mann und mich erneut ins Krankenhaus. Das Ergebnis war wohl alarmierend: die Schilddrüse wies heiße und kalte Knoten auf. Ich musste unverzüglich unters Messer, von Tabletteneistellung war plötzlich keine Rede mehr.

Wir entschieden uns für ein staatliches Krankenhaus, die ehemalige Lungenheilanstalt von Izmir, in einem großzügigen grünen Park gelegen. Dort arbeitete damals ein sehr guter Chirurg, hatte mein Mann herausgefunden. Die Anlage war imposant, aber total veraltet. Das Gebäude, in das ich eingewiesen wurde, war fast schon antik. Leider waren die Privatzimmer besetzt, und ich wurde in einen einfachen Raum eingewiesen, in dem drei Krankenbetten und ein Liegesessel standen. In einem Bett lag bereits ein junges Mädchen, dem eine Zyste entfernt werden musste. Begleitet wurde sie von ihrer Schwester, während mir meine Schwiegermutter zur Seite stehen sollte.

Mit Entsetzen stellte ich fest, dass es nur ein Waschbecken im Gang und dahinter zwei Toiletten gab, eine für Männer und eine für Frauen. Es war alles sauber, aber waschen konnte man sich hier natürlich nicht. Ich fragte andere Patienten auf der Station, wie sie das machten. „Sobald ein Privatzimmer frei wird, gehen alle dort duschen", bekam ich prompt zur Antwort.

Ich führte ein Gespräch mit dem operierenden Arzt, einem Mann mit hellen Haaren und blauen Augen und einem bezopften und bärtigen Anästhesisten, musste unterzeichnen und sollte noch am selben Tag operiert werden. Als ich an die Reihe kam, musste ich einen dunkelgrünen Anzug, bestehend aus Hose und Kittel, anziehen und zu Fuß den OP aufsuchen. Das war völlig anders als im städtischen Krankenhaus damals, wo man mich samt Bett durch den Gang gerollt hatte. Ich wunderte mich, wie unterschiedlich das hierzulande gehandhabt wurde. Vor der Tür tauschte ich meine Latschen gegen Gummischuhe, betrat den OP und musste mich auf die OP-Pritsche legen. Hier wurde ich angeschnallt und hatte nun genug Zeit, mir die OP- Lampe und das Drumherum anzuschauen. Zum Glück war es hier nicht so eisig, doch ängstliche Leute würden sicherlich Panik bekommen, wenn man sie festschnallte. Ich stellte mir meine Schwiegermutter in solch einer Situation vor und musste grinsen. Ein junger Mann mit Kittel nickte mir freundlich zu und gab mir eine Injektion.

Ich wurde erst in meinem Zimmer wieder wach. Schwiegermutter saß im Sessel, und die beiden Mädchen hatten es sich auf den Betten bequem gemacht. Bald darauf wurde das Mädchen mit der Zyste zur OP abgeholt. Von unbeschreiblichem Lärm wurde ich erneut aus dem Schlaf gerissen. Auf dem Flur ging es zu wie im Taubenschlag. Angehörige der frisch Operierten belagerten den Raum, ließen die Tür offen stehen oder knallten sie laut zu. Ich versuchte zu sprechen – aber es ging noch nicht. Die größte Gefahr bei dieser OP ist, dass man die

Stimmbänder verletzt, hatte ich gelesen. Ich bedeutete Schwiegermutter, doch bitte die Tür zu schließen, doch die hatte schon beim Aufstehen ihre Probleme mit den Kniegelenken. So stand ich selber auf und hielt dabei den Katheder, der mir vom Hals baumelte, mit einer Hand fest. Aufatmend machte ich die Tür zu und kroch zurück in mein Bett. Keine zwei Minuten später strömten neue Besucher ins Zimmer – die Tür stand weit offen. Ich gab es auf. Auch das würde vorbeigehen.

Am Nachmittag war Visite, und abends bekam ich meinen ersten Joghurt und etwas Saft. Für die Begleitpersonen gab es Brot, Eier und Tee. Sie mussten es sich allerdings selber vom Flur abholen. Nachts war es ruhig, aber Schwiegermutter konnte auf dem Sessel nicht schlafen. „Holt doch ein Bett aus dem Nebenraum", krächzte ich mit mir fremder Stimme. Dort standen mehrere unbenutzte Betten auf Rädern, wie ich auf meinem Weg zur Toilette festgestellt hatte.

Doch Schwiegermutter und die Schwester der anderen Patientin beschlossen, sich das dritte Bett ganz einfach zu teilen.

Am nächsten Morgen war ich ziemlich fit und schmerzfrei, aber es lief noch immer Flüssigkeit aus der Wunde am Hals in den Behälter. Der OP-Arzt kam zur Visite. Nach dem Frühstück durfte die Zystenpatientin nach Hause.

„Sie behalte ich aber noch etwas hier. Ich schaue am Nachmittag wieder rein." Etwas enttäuscht sah ich den Arzt an. Nun hieß es warten. Mein Mann kam, um die Lage zu peilen und verschwand wieder.

Um 16 Uhr erschien der Arzt gemeinsam mit Hugo. Er entfernte den Katheder und schüttelte mir freundlich die Hand. „Sie dürfen gehen." Ich bekam noch einen Termin zur Nachuntersuchung, und das war es dann. Kurz und schmerzlos.

Es ging mir zunehmend besser, die Atemnot war wie weggeblasen und vernünftige Telefongespräche wurden wieder möglich. Fortan musste ich natürlich Tabletten nehmen, die die

Schilddrüsenfunktion weitgehend ersetzten. Die Einstellung der Medikamente war eine heikle Angelegenheit. Bei Überdosierung konnte ich nicht schlafen, bei zu geringer Dosis nahm ich zu. Doch es pendelte sich ein. Es dauerte auch seine Zeit, bis ich meine volle Stimme zurückbekam. Ich erinnere mich an ein Erlebnis, Monate später in Hannover. Meine Mutter und ich wollten mit dem Zug fahren, waren bereits spät dran, und sie ging prompt zum falschen Bahnsteig hoch. „Mutter!", krächzte ich mehrmals verzweifelt hinter ihr her, doch es dauerte sehr lange, bis sie mich hörte. Vom Zug sahen wir nur noch die Rücklichter. „Ich habe deine Stimme gar nicht erkannt", gestand meine Mutter. Inzwischen habe ich meine Stimme wiedererlangt, und manchmal erinnere ich mich lächelnd an die Probleme, die mir meine „verknotete Schildkröte" bereitet hat.

Ganz anders geht es natürlich in einem privaten Krankenhaus zu. Während das städtische und das staatliche für den Kassenpatienten quasi kostenlos sind, muss man hier allerdings recht tief in die Tasche greifen. Es gibt natürlich auch genug private Kliniken, die ein Abkommen mit der staatlichen Krankenkasse haben, sodass man nur ein Teil der entstehenden Kosten zu zahlen hat. Das KH, in das ich kommen sollte, zählte nicht dazu.

Seit geraumer Zeit hatte ich gravierende Unterleibsprobleme, was jedoch nicht auf die Wechseljahre sondern auf Myome zurückzuführen war. Ich suchte innerhalb von drei Jahren verschiedene Ärzte in unterschiedlichen Krankenhäusern auf, wurde jedoch immer wieder vertröstet.

Eine besonders unverschämte Ärztin behauptete sogar: „Sie kommen ja jetzt bald in die Wechseljahre, dann schrumpfen die Myome ohnehin. Wegen eines Pickels nehmen wir Ihnen hier in der Türkei nicht gleich den ganzen Arm ab!" Nanu? Hatte ich es hier mit einer verkappten Patriotin, die es nicht bis an die Front geschafft hatte, zu tun? Ich blickte der Blondine mit den herben Gesichtszügen fest in die Augen. *Dir wünsche ich genauso einen Pickel am Arm, damit du mal siehst, wie das ist,* dachte ich dabei.

Nachdem es mir praktisch an zwei von vier Wochen im Monat kaum noch möglich war, das Haus zu verlassen, und ich bei meiner zweiten Ausschabung laut Ärztin gerade noch an einer Bluttransfusion vorbei kam, entschloss ich mich, einen Spezialisten aufzusuchen, dessen Praxis von meinem Mann beliefert wird. Professor Dr. Ş. ist eine Kapazität auf seinem Gebiet und führt OPs mit Roboter durch, die bis in die USA übertragen werden. Er empfahl mir sofort eine Komplett-OP. „Das wird eher schlimmer statt besser", erklärte er mir.

Ich kannte das riesige, modern ausgestattete Krankenhaus bereits, da mein Mann auch dorthin seine Ware liefert.

Mir wurde ein luxuriöses Einzelzimmer mit TV auf der Mutter-Kind-Station zugewiesen. Hier war toll was los: Es wurden ununterbrochen Baby-Partys für die Neugeborenen veranstaltet. Traumhafte bis kitschige Dekorationen in Rosa und Hellblau wetteiferten miteinander. Überall sah man Luftballons, festlich gedeckte Tische mit Torten und Geschenken durch die offenen Türen der einzelnen Zimmer. Ich konnte mich frei auf der Station bewegen und genoss den Tag mit all seinen Eindrücken, bis ich mich gegen Abend für die OP bereithalten musste.

Den OP-Saal bekam ich diesmal gar nicht erst zu Gesicht, da ich vorher schon mit Hilfe eines Medikaments wegsackte.

Geweckt wurde ich Stunden später auf meinem Zimmer – und zwar von meinem knurrendem Magen. Es war inzwischen schon nach 23 Uhr. Hugo hatte ein Schlafsofa im gleichen Raum und saß nun ein wenig besorgt an meinem Bett.

„Ich habe vielleicht Kohldampf", sagte ich. Just in dem Moment ging die Tür auf, und eine Krankenschwester trat herein. „*Geçmiş olsun* - gute Besserung! Möchten Sie noch eine Kleinigkeit essen? Eine Suppe vielleicht?" „Oh ja, gerne", strahlte ich. Sie kontrollierte den Tropf mit dem Serum und ging, um die Suppe zu holen. Kurz darauf kratzte ich meine Suppenschale bis auf den letzten Tropfen leer.

Am nächsten Morgen kam die nette Schwester wieder und wollte mir eine Spritze geben. „Wofür ist die?", wollte ich wissen. „Gegen die Schmerzen", erwiderte sie. Ich schüttelte den Kopf: „Ich habe doch gar keine." „Dann lasse ich die Spritze hier, und Sie melden sich einfach, wenn Sie sie brauchen" antwortete sie und fragte, ob ich aufstehen könne. „Ich muss sowieso mal aufs WC", verkündete ich fröhlich und ließ die Beine vom Bett baumeln, bevor mir jemand helfen konnte. Lächelnd sah sie mich an: „Die Patienten von Dr. Ş. erwecken immer irgendwie den Eindruck, gar nicht operiert worden zu sein."

Nach dem Frühstück kam der Professor zur Visite und war sehr zufrieden. Er gab mir Schmerztabletten mit für zu Hause - die ich nie einnahm - und entließ mich noch am selben Tag. Von meinem Mann erfuhr ich, dass er uns nur den halben Preis für die OP berechnet hatte.

Nach der Nachuntersuchung in der Praxis durfte ich mir als Krönung sogar die Diskette mit meiner OP ansehen. „Geht es Ihnen auch wirklich gut? Wird das nicht zu viel?", fragte Professor Dr. Ş. mehrmals. Interessiert verfolgte ich jeden Schritt bzw. Schnitt. Eine heikle Situation gab es, da die Gebärmutter mit der Darmwand verklebt oder verwachsen war und die Membranen vorsichtig voneinander getrennt werden mussten.

Wieder einmal wurde mir bewusst, welch große Verantwortung ein OP-Arzt trägt und dass ich bisher jedes Mal Glück im Unglück hatte. Manchmal überlege ich, welches meiner Organe wohl als nächstes den Geist aufgibt. Man soll so ja nicht denken - aber etwas schwarzen Humor kann ich mir dennoch nicht verkneifen - ich mit meinen Innereien aus Rudis Resterampe.

Auf dem Basar

Ich stehe und staune über das bunte Treiben auf dem Basar. Das hier kann man nicht mit einem Einkaufsbummel in Deutschland vergleichen. Hier ist alles ganz anders! Fasziniert tauche ich in eine mir eigentlich völlig fremde Welt ein, die mir doch sogleich vertraut ist. Der Orient hat mich in seinen Bann geschlagen – mich aufgesogen, bis ich ein Teil von ihm wurde. Gierig nehme ich die verschiedenen Gerüche auf. Vor dem kleinen Laden baumeln getrocknete Auberginen und leuchtend rote Peperoni von der Decke – der Duft von Oregano mischt sich mit einem anderen – undefinierbaren. Von irgendwoher weht Kaffeegeruch herüber, der bekannte türkische Mokka, der in kleinen Tassen serviert wird und immer jede Menge Satz hinterlässt. Man dreht die Tasse geschickt um, indem man sie mit der Untertasse verschlossen hält. Es findet sich fast immer jemand, der aus dem Kaffeesatz zu lesen vermag.

Nebenan hängen vornehmlich in Rot und Gelb gehaltene Folklorekostüme, die vor allem Kinder bei Aufführungen und Volkstänzen zur Schau tragen. Eine nostalgische Erinnerung an längst vergangene Zeiten und das Osmanische Reich. Ich schlendere weiter. Hier in der Nebengasse des Basars von Kemeraltı ist das Gewühl nicht ganz so groß. Mein Ziel ist die alte Karawanserei, in der früher die Karawanen mit ihren Kamelen Rast gemacht haben. Heute sind kleine Geschäfte in den historischen Gemäuern untergebracht: Teppiche, Silberschmuck, Lederartikel, Keramik, Wasserpfeifen für die Touristen und noch so allerlei andere Geschenkartikel. Ich habe meine bestimmten Anlaufziele. In einem Silberladen bekomme ich erstmal einen Apfeltee angeboten, ich bin dort Stammkundin. Vielleicht kaufe ich heute ein paar Ohrringe, vielleicht tauschen wir uns nur aus. Die Ladenbesitzerin stammt aus

Diyarbakır im Südosten des Landes. In einem ihrer Regale steht ihr Glücksbringer: ein Kobold aus Norwegen, das Geschenk einer zufriedenen Kundin aus Skandinavien. Die Karawanserei umrundet mit zwei Stockwerken einen großen Platz, auf dem man türkischen Kaffee, Tee oder köstliche hausgemachte Limonade trinken kann. Wer einen Cappuccino bevorzugt, ist in der Gasse rechts neben dem Gebäude bestens aufgehoben. Hier reiht sich ein Café neben das andere. Man sitzt wahlweise drinnen in orientalischem Flair oder draußen auf mit Kelims und Kissen geschmückten Bänken. Hinter der Karawanserei werden Fleischspezialitäten, unter anderem auch Döner angeboten.

Ich lasse mir zwei Dönertaschen für zu Hause einpacken und schlendere nachdenklich Richtung U-Bahnstation. Man ist bemüht, die alten Häuser von Kemeraltı zu erhalten. Überall wird restauriert und verschönert. Viel zu lange wurde in anderen Vierteln abgerissen und neu gebaut. Hohe Häuser verschandeln die Uferpromenade, wo einst alte griechische Villen standen. Natürlich, die Stadt ist gewachsen, noch immer strömen Menschen aus dem ganzen Land in die Viermillionen-Metropole. Im Stadtteil Bayraklı entsteht – von vielen bestaunt - das Manhattan Izmirs: hohe Gebäudekomplexe mit viel Glas und Luxus, oftmals sogar mit eigenen Einkaufszentren. Ich hingegen freue mich über jedes unter Denkmalschutz stehende Haus.

In Çeşme wurden zu meiner Freude die Deckenmalereien einer alten griechischen Kapelle teilweise aufgefrischt. Hier kommt, denke ich, teils die Künstlerin, teils die Europäerin in mir zum Vorschein. Oder ist es nur die Faszination am altertümlichen Flair?

In Alaçatı entstanden ganze Neubausiedlungen mit Einfamilienhäusern im historisch eigenen Baustil. Der Ort zieht heute Künstler, reiche Geschäftsleute und Intellektuelle an. Abends kann man selbst im Winter kaum einen Fuß vor den anderen setzen - so überfüllt ist die Hauptgasse des ehemaligen griechi-

schen Dorfes. Lieder hat das überteuerte Preise nach sich gezogen. Weiter hinten findet man jedoch ruhige alte Gassen, die –
noch – vom Massentourismus verschont blieben. Besonders sehenswert ist der große Kleider-, Obst- und Gemüsemarkt, der
jeden Samstag in Alaçatı stattfindet.

Neujahrsbaum und Valentinstag haben Hochkonjunktur

Was dem Deutschen sein Weihnachtsbaum, das ist dem Türken sein Neujahrsbaum. In den letzten zehn Jahren erfreut sich diese mit Kugeln und Lichterketten geschmückte Tanne zunehmender Beliebtheit. Schon Anfang Dezember werden Einkaufszentren, Hotels und größere Plätze liebevoll und festlich herausgeputzt. Dabei gehen die Meinungen sowohl in streng islamischen wie auch in westeuropäischen Kreisen auseinander, ob damit christliche Weihnachtsbräuche imitiert werden oder ob zumindest der Baum ursprünglich aus uralten schamanischen Zeiten stammt, als die Göktürken in den Steppengebieten der heutigen Mongolei noch zu ihrem Himmelsgott *Tengri* beteten. Die Krippe mit dem Jesuskind ist erwiesenermaßen ein christliches Symbol, nicht jedoch der Lichterbaum, der am 21. Dezember auch bei den nordischen Völkern in vorchristlicher Zeit die Geister der Dunkelheit vertreiben sollte. Tatsache ist, dass in türkischen Einkaufszentren Weihnachtsmänner, hier werden sie *Noel Baba* genannt - wobei das Wort *Noel* aus dem Französischen übernommen wurde und schlicht Weihnachten bedeutet - zuhauf herumlaufen.

Der Weihnachtsmann hat aber, ebenso wie der Lichterbaum, eine lange Tradition in den vorislamischen Turk-Kulturen - wenn auch in etwas anderer Form: *Ayaz Ata* (Usbekisch *Ayoz Bobo*, Kirgisisch: *Аяз Ama*, Kasachisch: *Аяз Ama*, Turkmenisch: *Ayaz Baba* genannt) ist eine mystische Gestalt des Winters: Nicht in Rot, sondern in Hellblau gekleidet, wird er gerne auf einem von Rentieren gezogenen Schlitten abgebildet. *Ayaz Ata* - der eisige Vater oder auch Väterchen Frost erscheint am 22. Dezember zum *Nardugan Bayramı* und steht den Armen, Kranken und Hungernden zur Seite. Zu dieser Zeit siegt die Sonne über die Dunkelheit – die Tage werden wieder länger. Hier finden wir auch wieder eine Parallele zum heidnischen Brauchtum der nordischen und keltischen Völker bzw. zu den alten Pfaden.

Sehr lustig finde ich es immer, wenn Türken behaupten, die Christen würden Weihnachten am 31. Dezember feiern. Hierzulande liegen, zumindest in westlich orientierten Familien, am Silvesterabend oder Neujahrsmorgen bunt verpackte Geschenke für die Kinder unter der geschmückten Tanne. Dieser Brauch führte dazu, dass wir damals unsere Bescherung für die türkischen Familienangehörigen ebenfalls auf den 31.12. verlegten. Meine Schwägerin stellt ebenfalls jedes Jahr einen kleinen Baum auf. Inzwischen gibt es echte Tannen im Topf sowie künstliche Bäume - made in China - in jedem Baumarkt zu kaufen. Zweimal versuchten wir es mit einem lebenden Exemplar, das jedoch nie den heißen Sommer überstand, nachdem wir es glücklich im Vorgarten eingepflanzt hatten. Daher ziert nun ein künstlicher Tannenbaum von Mitte Dezember bis Anfang Januar unsere Wohnhalle. Einmal bestückte ich ihn nicht nur mit Weihnachtsschmuck, sondern auch mit Koboldfiguren, und somit hatten wir einen lustigen Koboldbaum.

In ganz Izmir sieht man erleuchtete Bäume in zahlreichen Stuben, und in unserem Viertel zieren blinkende Lichterketten die Eingänge und Bäume. An einem Haus klettert sogar jedes Jahr ein künstlicher Weihnachtsmann in roter Kleidung zum Fenster hinauf.

Eine besonders schöne Weihnachtsüberraschung bereiteten uns Tochter und Schwiegersohn letztes Jahr, als sie plötzlich am 23.12. nachmittags mit ihren beiden Englischen Settern und Geschenken vor unserer Tür standen. Sie hatten den weiten Weg aus Ankara nicht gescheut, und so verbrachten wir ein ganz besonderes Weihnachtsfest und hatten sogar noch ein gemeinsames Frühstück an meinem Geburtstag, bevor sie wieder abfuhren.

Micki und Güldi blieben im ersten Jahr in der Türkei am Heiligabend noch von der Schule fern – hier liegen die Winterferien erst Ende Januar/Anfang Februar – doch dann zogen sie es vor, lieber gemeinsam mit ihren Freunden am Unterricht teilzunehmen, weil außer einem brasilianischen Mitschüler natürlich an diesem Tag niemand fehlte. Da die Schule ohnehin um 14 Uhr 20 endete, versäumten sie zu Hause nicht wirklich etwas.

Wenn der Februar ins Land zieht, ändert sich die Deko schlagartig. Nun schmücken rote Herzen, rote Rosen und Amor-Engel die Einkaufszentren, Plätze und größeren Straßen in der Stadt. In kitschige Plastikherzen verpackte rote Unterwäsche ist, nebst anderen beliebten Valentinstags-Geschenken, ein Verkaufsschlager. Die Restaurants haben jetzt – wie oft zu besonderen Anlässen - Hochkonjunktur, so manch einer führt seine Liebste an diesem Abend ganz fein zum Essen aus. Laut Statistik wird übrigens die meiste Reizwäsche im ultrareligiösen Konya in Mittelanatolien verkauft.

Ausflugstipps rund um Izmir

Die türkische Ägäisküste ist, abgesehen von Reisezielen wie Bodrum, Kuşadası und Marmaris, in Deutschland weitaus weniger bekannt als die türkische Mittelmeerküste, die schon lange eine Hochburg des internationalen Tourismus ist.

Wer jedoch einen individuellen Urlaub abseits der All-Inklusive-Hotels bevorzugt, der ist an der nördlichen Ägäis genau richtig.

Die 4 Millionenmetropole Izmir lockt mit ihrem bunten Basar *Kemeraltı*, und modernen Einkaufszentren. Hier verbinden sich Geschichte, Tradition und Moderne. Freundlichen, aufgeschlossenen und hilfsbereiten Menschen begegnet man überall. Die Perle der Ägäis bietet ein orientalisches Flair mit lockerem und tolerantem Lebensstil. Mit seiner 8500 Jahre alten Geschichte ist sie eine der ältesten noch bewohnten Städte der Welt.

Was man sich nicht entgehen lassen sollte:

- Den Uhrturm im Stadtzentrum Konak, der zugleich Wahrzeichen der Metropole ist, und der Stadt Izmir im Jahr 1901 von Abdülhamid II., anlässlich des 25. Jahrestags seiner Krönung, gestiftet wurde. Übrigens ist die Turmuhr ein Geschenk des deutschen Kaiser Wilhelm II.

- Einen Bummel über den Basar *Kemeraltı*. Hier befindet sich ein wahres Einkaufsparadies für Kleidung, Schmuck, Gold, Souvenirs und Hausrat aller Art. Dönerbuden, kleine Fischrestaurants mit schmackhaftem Calamari und Stände mit frisch gepresstem Saft sorgen für das leibliche Wohl. Empfehlenswert sind auch die mit Reis gefüllten Muscheln, die in den hinteren Gassen Richtung Karawanserei angeboten werden.

- *In der Kızlarağası Hanı*-Karawanserei fühlt man sich in osmanische Zeiten zurückversetzt. Im Jahre 1744 erbaut, beherbergt sie heute kleine Läden mit allerlei Kunsthandwerk, Lederwaren, Souvenirs, Silberschmuck und Teppichen.

Im oberen Stockwerk befinden sich kleine Werkstätten. In der Mitte lädt ein großer Platz zum Verweilen ein. Wie wäre es mit einem *çay* -türkischen Tee, einem *kahve* – türkischen Mokka oder einer leckeren hausgemachten Limonade? Wer einen Cappuccino oder Kaffee Latte bevorzugt, ist in einer Seitengasse gut aufgehoben, wo sich im orientalischen Stil ein Café an das andere reiht.

- *Asonsör* – Historischer Aufzug. Der im Jahre 1907 erbaute historische Aufzug verbindet die Straße Mithatpaşa Caddesi und das Viertel Halil Rifat Paşa miteinander. Vom Restaurant aus hat man einen unvergleichlichen

Blick über Izmir und die Bucht. Die Häuser in der Dario Moreno-Straße verleihen dem Viertel ein besonderes Flair.

- Eine Schifffahrt von *Konak* quer über die Bucht von Izmir nach *Karşiyaka* oder *Bostanlı*.
- Einkaufen und Rasten in *Mavibahçe*. Dieses Einkaufszentrum ist eines der größten in Izmir und besticht mit einem liebevoll angelegten Innenpark, der von kleinen Restaurants gesäumt ist.
- Die *Agora*

  In der Antike fanden hier politische Versammlungen statt und das Volk tätigte seine Einkäufe. Die Agora von Izmir, die aus der Zeit der Römer stammt, gilt als die größte Agora.

Ephesus

Einst war sie eine große und reiche Handelsstadt, heute lassen nur noch die Ruinen ihre ehemalige Größe erahnen. Gut eine Autostunde von Izmir entfernt und nahe *Selçuk* liegt die antike Stadt Ephesus. Der Artemistempel gehörte zu den Sieben Weltwundern. Ephesus ist eine der am besten erhaltenen Siedlungen der Antike. Sehenswert sind vor allem das Große Theater, die Marienkirche, die Celsus-Bibliothek, die Hanghäuser, der Hadriantempel und das Odeion, ein antikes Theatergebäude. Ein Touristenmagnet sind die vielen Katzen, die in den Ruinen der einst so mächtigen Stadt leben. Diese wurden von Ausgrabungsteams dorthin gebracht, damit sie das Gelände vor kleineren Nagetieren beschützen! Im Archäologischen Museum in *Selçuk* kann man unter anderem Statuen der Artemis bewundern.

Meryem Ana – Das Haus der Mutter Maria

Das Haus der Mutter Maria in der Nähe von Selçuk ist eine der meistbesuchten Pilgerstätten der Türkei, sowohl für Christen als auch Moslems.

Hier soll Maria, die Mutter von Jesus, bis zu ihrem Tod gelebt haben. Das kleine Haus aus Stein ist heute eine liebevoll geschmückte Kapelle, die sogar schon von drei Päpsten beehrt wurde.

Dem Quellwasser aus den Brunnen neben dem Haus sagt man eine große Heilwirkung nach.

Eine in der Türkei weit verbreitete Tradition ist es, seine Wünsche auf ein Band, Tuch oder Papier zu schreiben und an Bäumen oder Wänden zu befestigen. So sieht man auch hier eine bunt geschmückte Wand, die eigens für diesen Zweck eingerichtet wurde.

Weindorf Şirince

Hoch in den Bergen über Selçuk liegt das alte Weindorf Şirince. Einst war es griechisch, die alten Häuser sind noch erhalten bzw. werden liebevoll restauriert. Ein Weinladen reiht sich hier an den anderen, dazwischen urige kleine Restaurants und Souvenirshops. Wir machen unsere Weinprobe stets bei Mustafa, er bietet nebst köstlichem Granatapfel-, Pfirsich- und Brombeerwein auch einen hervorragenden Glühwein an.

Çeşme

Çeşme bedeutet Brunnen, und tatsächlich fallen die vielen Brunnen ins Auge. Der kleine Luft- und Badekurort, ca 80 Kilometer westlich von Izmir, erfreut sich zunehmender Beliebtheit. Die nahegelegenen feinen, fast weißen Sandstrände Pırlanta, Altınkum und Ilıca geben dem Badegast eine Art Karibik-Feeling. In Ilıca und Şifne schießen bis zu 60 Grad warme Thermalwasserquellen direkt aus dem Meeresboden in das glasklare türkisfarbene Wasser.

Das ganze Jahr über kommen Rheumapatienten, Menschen mit Stoffwechsel- und Hauterkrankungen wie Schuppenflechte oder Asthmakranke nach Çeşme. Eine Kombination aus Thermal-, Thalasso-, Luft- und Schlammtherapien bietet gute

Heilchancen. Solche Therapien gibt es u.a. in den Hotels Altınyunus, Sheraton Resort & Spa, Radisson SAS Resort & Spa Cesme und im Club Hotel Ilica.

Eine stetige kühle Brise sorgt auch in den heißen Monaten für Abkühlung. Windgeschützt liegt dagegen der kleine Stadtstrand *Tekke*. Wer hier badet kann gegen 17 Uhr die mit Musik in den Hafen einfahrenden Ausflugsschiffe beobachten.

Auf jeden Fall sollte man die alte Burg von Çeşme, die aus genuesischer Zeit stammt, besichtigen. Von hier hat man einen großartigen Panorama-Blick über die Stadt und auf die Bucht, Die nahegelegene ehemalige Karawanserei aus dem 16. Jahrhundert ist heute ein stilvolles Hotel. Der Jachthafen *Marina* bietet dem Urlauber exklusive kulinarische Genüsse. Wer es günstiger und preiswerter mag, der besucht eines der Fischrestaurants an der Uferpromenade oder speist in der kleinen Einkaufsstraße. Hier findet man auch landestypische Souvenirs.

Alaçatı

Alaçatı gilt aufgrund der günstigen Windverhältnisse als internationales Surfer-Paradies.

Das ehemals griechische Dorf mit seinen stilvollen Butik-Hotels ist heute überteuert aber durchaus sehenswert. Auch die neuen Häuser im Ortskern werden im traditionellen Alaçatı-Baustil errichtet Der einst so beschauliche Ort erfreut sich ganzjährig eines gewaltigen Besucherbooms an aus- und inländischen Touristen. Er ist auch Anziehungspunkt für Intellektuelle, Künstler, Geschäftsleute und Filmschauspieler. Man sollte aber trotz erhöhter Preise zumindest einmal einen Kaffee im *Köşe Kahve* oder einen türkischen Tee auf einem der schattigen Hinterhöfe getrunken haben.

Richtige Schnäppchen kann man übrigens samstags auf dem großen Kleidermarkt von Alaçatı machen. Und der angegliederte Obst- und Gemüsemarkt ist einfach überwältigend mit seinem breitgefächerten Angebot. Im April findet das alljährliche *ot festival*, das Kräuterfest statt. Hier wird alles Mögliche an Essbarem angeboten bis hin zu selbstgemachter Marmelade aus Obst oder Gemüse. Natürlich gibt es ein abwechslungsreiches Programm zur Unterhaltung. An diesen 3 Tagen schiebt sich eine bunte Menschenmasse durch die engen Gassen.

Foça

Wer es ruhiger und besinnlicher mag, der ist in *Foça* richtig. Der kleine, malerische Fischerort liegt 60 km nördlich von Izmir und 50 km von *Bergama* - Pergamon entfernt. Mit seinem kleinen Jachthafen, der Strandpromenade mit den kleinen Restaurants und seiner genuesischen Burg zieht er vor allem auch einheimische Touristen an. Die Gassen mit ihren typischen Häusern aus Sandsteinquadern und roten Dächern stehen inzwischen unter Denkmalschutz. Kleine Buchten mit klarem kühlem Wasser laden zum Baden ein. Mit Ausflugsschiffen geht es hinaus, um die vom Aussterben bedrohten Mittelmeerrobben – *fok* zu beobachten. Eine Robbe ist übrigens auch das Wappentier von Foça.

Nachwort

Es ist nicht einfach, so viele Jahre und Erlebnisse in ein einziges Buch zu packen. Ich habe es versucht. Meine Geschichte beruht auf Tatsachen und enthält Lustiges und Trauriges, Positives und Negatives, so wie das Leben eben spielt. Warum „Endstation Anatolien"? Vielleicht weil ich fühle, endgültig angekommen zu sein. Ich habe meinen Entschluss, in die Türkei zu ziehen, bisher nicht bereut. Doch jeder Mensch ist anders, ein jeder hat Wurzeln, die unterschiedlich fest im Mutterboden, sprich Heimatland, verankert sind. Es ist nie leicht, alle Brücken hinter sich abzubrechen und in einem fremden Land einen Neustart zu wagen. Ich hatte Glück und Menschen um mich herum, die es mir ermöglichten, schnell Fuß zu fassen. Hier war ich nie die ungeliebte Ausländerin, sondern einfach Familienmitglied, Freundin oder Nachbarin. Die moderne Multi-Kulti-Metropole Izmir mit seinen aufgeschlossenen und toleranten Bewohnern machte es mir leicht, mich einzugewöhnen und dennoch nie meine Identität oder Freiheit zu verlieren. Bei allem, was wir planten oder taten, stand uns die Familie meines Mannes moralisch und - wenn nötig - auch finanziell zur Seite. Sonst hätten wir es nicht geschafft!

Mein Dank gilt allen, die mich bisher auf meinem Weg treu begleitet und unterstützt haben – sei es im In- oder Ausland.

Farbfotos zu diesem Abschnitt meiner Lebensgeschichte finden Sie auf meiner Webseite *Meine Bücher- und Koboldecke* unter *christineerdic.jimdo.com*.

Wenn Ihnen das Buch gefallen hat, würde ich mich über eine positive Rezension sowie eine Weiterempfehlung sehr freuen.

Herzlichst, Ihre Christine Erdiç

Christine Erdiç wurde 1961 in Deutschland geboren. Sie interessierte sich von frühester Kindheit an für Literatur und Malerei. Schon damals verfasste sie oft kleine Geschichten und Gedichte, die sie jedoch nie veröffentlichte. Nach dem Abitur war sie in unterschiedlichen Bereichen tätig und reiste viel. Seit 1986 ist sie verheiratet, hat zwei Töchter und lebt seit dem Millennium in der Türkei. Unter anderem gab sie Sprachtraining an der Universität von Izmir, machte Übersetzungen und verfasste Berichte für die Türkische Allgemeine, eine ehemalige Zeitschrift in deutscher Sprache, und gibt private Deutschstunden.

Infos unter:
Meine Bücher- und Koboldecke
https://christineerdic.jimdo.com/
Reisetipps und Literatur
https://literatur-reisetipps.blogspot.com/

Weitere Bücher der Autorin:

Nepomucks Abenteuer

Nepomuck ist ein lustiger kleiner Kobold, der mit seiner Familie in einem Kobolddorf in Norwegen wohnt. Er hilft dem Weihnachtsmann beim Geschenke verpacken in der Weihnachtswerkstatt und landet aus Versehen in einem dieser Päckchen. So tritt er nun im Schlitten des Weihnachtsmanns seine Reise in die Welt der Menschen an Welch spannende Abenteuer wird Nepomuck dort wohl erleben und wird er bei den Menschen ein neues Zuhause finden?

Geschichten aus dem Reich der Hexen, Elfen und Kobolde

Dieses Buch lädt den Leser mit seinen märchenhaften und lehrreichen Geschichten aus dem Reich der Hexen, Elfen und Feen zu einer Reise in die bunte Welt der Fantasie ein. Mit seinen lustigen Ausmalbildern ist es für Kinder ebenso geeignet wie für all jene, die im Herzen jung geblieben sind.

Mit Nepomuck auf Weltreise

Wie funktioniert eigentlich ein Heißluftballon, und wie le-ben die Eskimos heute? Was passiert, wenn ein norwegischer Kobold auf einen irischen Leprechaun trifft, und was kann man im Karina-Verlag so alles anstellen? Begleitet den lustigen Ko-bold Nepomuck auf seinen Reisen durch Europa, Asien, Ameri-ka, Afrika und Australien und lernt Menschen, Tiere und ver-schiedene Kulturen hautnah kennen. Folgt ihm auf den Spuren der Hobbits, und werft mit ihm seinen ersten Bumerang. Die tollsten Abenteuer warten auf euch, denn wo Nepomuck sein Unwesen treibt, da wird es nie langweilig!

Nepomucks Märchen

Kobold Nepomuck entführt euch in die bunte Welt der Märchen. Und hier ist allerlei los! Das ganze Zauberland steht Kopf, denn der vergessliche Zauberer Ugoblix hat sein Zauberbuch verlegt, Ginny findet sich an ihrem siebten Geburtstag plötzlich im Elfenland wieder, Nepomuck reist mit einem Flaschengeist durch die Lüfte und Jenny versucht das Märchenland zu retten, das die Hexe Babula in einem See aus flüssiger Schokolade ertränken will.

Zu jedem der 14 spannenden Märchen gibt es ein lustiges Ausmalbild - so können die kleinen Leser das Buch ganz individuell mitgestalten.

Neugierig geworden? Dann auf ins Märchenland!

Zauberhafte Gerichte aus der Koboldküche

Was steht wohl bei einem Kobold alles auf dem Speiseplan?

Nepomuck gewährt Einblick in seine Küche und verrät so manches bisher geheim gehaltene Rezept.

Die Gerichte sind ein wahrer Gaumenschmaus.

Darüber hinaus hält das Büchlein noch ein paar Überraschungen parat.

Nepomuck wünscht gutes Gelingen und ganz viel Spaß!

Luhg Holiday

Dieser Sammelband vereint zwei spannende Geschichten:
Willkommen im Luhg Holiday

Als Familie Kohlmann wegen eines vorausgesagten Schnee-
sturms ganz spontan im Hotel Luhg Holiday einkehrt, ahnt sie
noch nicht, was sie dort erwartet. In dem alten unheimlichen
Haus scheint nichts mit rechten Dingen zuzugehen, und schon
bald finden sich die drei Kinder und ihre Eltern im unglaublichs-
ten Abenteuer ihres Lebens wieder.
Auf Wiedersehen im Luhg Holiday

Auf einer Urlaubsreise in den Süden fahren Sabrina, Gudrun und
Betty im Nebel gegen einen Baum und müssen im Luhg Holiday
einkehren. Das Hotel hat sich verändert, denn es sind 7 Jahre

vergangen, seitdem Sabrina mit ihrer Familie dort unfreiwillig ihre Ferien verbrachte.

Wer ist der nette junge Mann, der sich nach dem Unfall so rührend um sie kümmert und doch ein düsteres Geheimnis mit sich trägt? Und was ist aus den Ghulen geworden, die das Luhg Holiday verwalteten? Ein spannendes Abenteuer wartet auf die Freundinnen. Werden sie der Gefahr entkommen, die dort hinter den düsteren Mauern auf sie lauert?

Eine Gruselkomödie der Sonderklasse und ein besonderes Lesevergnügen für die ganze Familie.

Mystica Venezia

Eine verschwundene Braut, ein Sensenmann als Gondoliere, eine blinde Malerin, ein seltsames Zeichen an einer Mauer und ein geheimnisvoller Orden, Guido hat sich seine Hochzeitsreise nach Venedig dann doch etwas anders vorgestellt. Verzweifelt macht er sich gemeinsam mit seiner Schwägerin Ana Karina in den Wirren des Karnevals, der durch die engen Gassen der Lagunenstadt tobt, auf die fast aussichtslose Suche nach Christina Maria und stößt dabei auf eine uralte Legende.

Glücksschmiede: Tipps für mehr Glück und Erfolg

Glücklich und erfolgreich sein. Wer möchte das nicht? Ein altes Sprichwort sagt: jeder ist seines Glückes Schmied. Wie aber schmiedet man sein Glück? Es ist gar nicht mal so schwer. Dieser kleine Ratgeber zeigt Ihnen interessante Wege auf, die zu Glück und Erfolg führen.

Buchtipps:
Mein Leben mit MS

   MS (Multiple Sklerose) ist das facettenreichste Krankheitsbild der Neurologie. Diese Krankheit stellt das Leben eines Betroffenen völlig auf den Kopf. Sie ist nicht nur eine Krankheit mit 1000 Gesichtern, sondern auch mit 1000 Fragen. Eine davon WARUM? Aber das Leben geht weiter ... eben nur anders als bisher. Ein Leben mit Höhen und Tiefen, mit Ängsten aber auch Hoffnungen.
   Dieses Buch ist kein Fachbuch oder Ratgeber über die Krankheit MS (Multiple Sklerose), sondern die MS-Geschichte der Autorin. Mit einer Portion Humor und Selbstironie erzählt sie wie alles begann, wie sie lernte damit zu leben und es schaffte, trotz dieser bitteren Krankheit auf ihre eigene Kraft zu vertrauen. Sie berichtet von ihrer Angst vor dem, was vielleicht die Zukunft bringen wird. Dennoch strotzt dieses Buch voller Zuversicht und macht Mut. Das Leben ist einfach zu wertvoll, um den Kopf in den Sand zu stecken und zu resignieren.
   http://brittasbuecher.jimdo.com/

Lebt wohl, Familienmonster

Seit frühester Kindheit musste ich in meiner Familie gegen reale Monster kämpfen. In diesem Buch beschreibe ich, welche Auswirkungen der jahrelange Kampf auf mein bisheriges Leben hatte und wie ich es geschafft habe, mich von den Dämonen meiner Vergangenheit erfolgreich zu befreien.

Lesermeinung: Heidi Dahlsen schreibt nicht einfach nur Bücher, sondern füllt diese mit Lebensgeschichten. Für sie ist das Schreiben eine Form des Verarbeitens ihrer Erlebnisse.

Sie möchte aufwecken und wachrütteln, die Menschen sensibilisieren und mit Vorurteilen gegenüber psychischen Erkrankungen aufräumen. Sie wünscht sich, dass von diesen Krankheiten betroffene Menschen von der Gesellschaft toleriert, akzeptiert und vor allem in die Gesellschaft integriert werden. Bei allen in ihre Bücher gepackten Emotionen, Informationen und Abrechnungen gelingt es ihr noch, den Leser zu unterhalten.

Homepage: www.autorin-heidi-dahlsen.jimdo.com